恋と絵描きと王子様

CROSS NOVELS

松幸かほ

NOVEL:Kaho Matsuyuki

古澤エノ

ILLUST:eno Furusawa

CROSS NOVELS

CONTENTS

CROSS NOVELS

CONTENTS

恋と絵描きと
王子様

プロローグ

目の前で鳴り続ける電話を前に、新城《しんじょう》奏多《かなた》は体を竦《すく》ませていた。

――出たくない、出たくない、出たくない。

そう思うのに、勝手に伸びた手が受話器を取ってしまう。

『ふざけんな、おまえ！　遅いんだよ！』

いきなり聞こえてくるのは罵声《ばせい》だ。

すみませんと謝りたいのに、声が出なくて、その間に受話器からはどんどん激しい口調の怒声が流れてくる。

『いつになったら、仕上がんだよ！　このクズ！』

『修正箇所、全然なおってねぇじゃねぇか！　無能か！』

――嫌だ、嫌だ、嫌だ！

震える手から受話器が落ちて、奏多は耳を塞《ふさ》ぐ。

それなのに、頭の中に直接、奏多を罵倒《ばとう》する言葉が流れ込んでくる。

――給料泥棒――

――才能ねぇんじゃねぇの？――

――要領悪ぃんだよ――

――会社にいる価値ねぇよ――

「……た…」

――嫌だ。

「…なた……」

――もう、嫌だ！

「おい、奏多！」

大きく体を揺り動かされ、ハッとして目を開けると、薄暗い部屋の中、目の前に大学時代の先輩であり、現上司の鞆坂康平《ともさかこうへい》の姿があった。

「……ぁ…」

「大丈夫か？　すっげーうなされてたから起こしたけど」

その言葉で、まだ夢との境で戸惑っていた奏多は自分のいる場所がどこかを思い出した。

ゲーム会社としてその名を轟《とどろ》かせ、現在は他の分野にも進出していろいろなところで社名を目にするＦＪＫ本社ビルの仮眠用の個室ブースだ。

「すみません……」

謝る奏多の首筋に康平は手にした冷えた栄養ドリンクのボトルを押しつけた。

「冷た…っ……」

「温かく感じたら、病院行ったほうがいいな。まあ、飲めよ」

康平は笑って、首筋からボトルを離すと奏多に手渡す。

「ありがとうございます」

礼を言って受け取ったが、奏多は手の中のボトルをじっと見つめたまま、動けなかった。

繰り返し見る夢は、奏多に安らかさなど与えてくれず、目が覚めた時には眠る前よりもぐったりとしていることが多い。

ぼうっとしていると急に目の前が明るくなった。康平がブース内の電気をつけたのだ。

「酷《ひど》い顔色してんな……。マジで大丈夫か？」

改めて聞いてきた康平の言葉に、奏多は顔を上げた。

「大丈夫です」

そう返したのに、なぜか両目からは涙がぽろぽろと溢《あふ》れだした。

「え……、なんで…」

悲しいわけでもなんでもないのに溢れて止まらなくて、奏多は戸惑った。

その様子に康平はポケットからハンカチを取り出すと、奏多の顔に押し当てた。

「……奏多、おまえ、しばらく会社休め」

康平の言葉に、奏多は押し当てられたハンカチを外し、彼を見た。

「大丈夫です…本当に……」

そういう間もまだ涙は止まらなかった。

奏多がＦＪＫに転職してきてから三ヶ月。

前職も同じゲーム会社で、奏多はデザイナーとして働いていた。だが、入社当時から労働環境は酷かった。デザインの仕事だけではなく、先輩社員のしりぬぐいや雑用を押しつけられ、週の半分は会社に泊まり込むような状況だった。

だが、それだけならまだ耐えられた。

つらかったのは何よりも先輩社員からの執拗《しつよう》な叱責《しっせき》と、聞こえよがしな謂《いわ》れのない中傷めいた言葉の数々だ。

入社して約三年で、奏多は心身ともに限界に来ていた。

二十五歳になったら、全部を終わらせよう。

自分のすべてを、終わらせよう。

そんなふうに思いつめていた頃、眠気覚ましのコーヒーを買いに出たコンビニで、同じくコーヒーを買いに来ていた康平と再会した。

「ちょ、奏多？　おまえ、何？　なんでそんな幽霊みてぇになってんの？」

康平は奏多を見るなりそう言い、有無を言わさずコンビニの外に止めた自分の車に連れ込んだ。

奏多が普通じゃないことなど、簡単に分かっただろう。

だが、康平は「何があった？」とだけ言った後、無理に聞きだすでもなく、ただ黙って奏多を見ていた。

どの程度時間が過ぎたのか、優しい沈黙の果てに、奏多は、

「もう、つらくて……」

一言、そう言った。

それだけで、康平はある程度のことを悟ったのだろう。

もしかしたら、業界内の噂《うわさ》という形で、奏多の勤める会社のことをいろいろと聞いていたのかもしれなかった。

「分かった」

康平はそれだけ言うと、奏多にシートベルトを締めさせた。その後は、もう康平の采配《さいはい》のままだった。

病院に連れていかれ、そのまま二週間の入院。

その間に奏多は前の会社を退職し、ＦＪＫに転職した。

必要な手続きはすべて康平が手配した弁護士によって行われていた。奏多は必要な書類にサインをして印鑑を押すだけだった。

ＦＪＫは、もともと康平を含めた数人が大学時代に立ち上げた会社で、立ち上げメンバーの一人である康平にはある程度の権限があるのか、奏多一人をねじ込むくらいは大したことではなかったのかもしれない。

そして、ＦＪＫで働きだした奏多だが、心身に負ったダメージは奏多の想像以上で、体調不良ですでに何度も休んでいるし、遅刻――フレックス対応で誤魔化《ごまか》されている部分もあるが、それすらできないほどの――も多い。

「休みなんて……」

まともに働けた日が少ないのに、さらに休みなど取れるわけがない。

だが、奏多がそう言うことなどお見通しだったのだろう。

「じゃあ、在宅社員扱いにしてやるから、和鷹《かずたか》のとこでゆっくりしてこい」

「和鷹……、藤木《ふじき》先輩ですか」

奏多の言葉に康平は頷《うなず》いた。

藤木和鷹はＦＪＫ立ち上げメンバーの一人で、社長だった男だ。

社長という肩書きにそぐわないようなのほほんとした人で、奏多にも優しくしてくれていた。

大学卒業後、一年ほどで社長職を退き、今は筆頭株主ではあるが会社の経営にはまったく携わってはいない。

「去年、じーさんが亡くなって、今はそっちへ引っ越してユルい生活してる。まあ、もともとユルい奴だったけど。あ、断るなら出張命令でも出して行かせるから、気にすんな」

強制的にでも奏多を休ませるつもりの言葉を口にした。

だが、その言葉に奏多は不安になった。

つまりは、会社にいなくてもいい存在、ということだろう。

――給料泥棒――

――会社にいる価値ねぇよ――

夢の中で繰り返された罵倒が脳裏をよぎる。

戦力外通告。そんな言葉を思い浮かべた時、

「おまえの仕事、別に出社しなくてもできるだろ。仕事は存分に振るから心配すんな。キャラのデ

ザイン、三つくらい上げてもらうつもりだし」

にっこり笑って鬼畜な言葉を言った康平は、

「そんじゃ、俺、隣のブースで寝るから。寂しくなったら来てもいいぞ。隣で寝かせてやるし」

そう言って、奏多のブースを出ていく。

奏多は康平を申し訳のなさや安堵《あんど》、不安といったいろいろな感情が混ざった気持ちで見送るしかなかった。

1

実りの秋を迎えたのどかな田園風景の中、点在する民家の中にその古民家はある。

大きな蔵を持つその家は、かつての主《あるじ》の死後、その孫である藤木和鷹に引き継がれ、和鷹はこの古民家で一風変わった同居人たちと生活を共にしていた。

「和鷹さん、和鷹さん、これ、すごくおいしそう！」

居間でパソコンに向かっていた和鷹に、同じく居間にいてテレビを見ていた小柄な少年が声をかける。

「んー？　どれー？」

そう言いながら和鷹がテレビ画面に目を向けると、料理番組が放送されていた。調理中なのは「リンゴの赤ワイン煮」で、ワイン色に色づいたリンゴに生クリームが添えられた完成映像が画面の右下にワイプで出ていた。

「あー、本当だね。……小梅《こうめ》、食べてみたい？」

和鷹の問いに、小柄な少年・小梅は、その愛らしい顔に笑みを浮かべて「はい！」と元気に返事をする。

その様子はとても可愛くて――もともと小梅は何をしていても可愛い、と思っているが――和鷹は自然、笑顔になる。

「じゃあ、作ろっか。蔵へ行って赤ワインもらってこよう」

和鷹はそう言ってパソコンを閉じる。それに小梅は首を傾《かし》げた。

「お仕事、いいんですか？」

一年と少し前、祖父の死去後にこの家に移り住んだ和鷹は、当初小梅を含めた同居人たちから、「ニートのねとげ廃人」だと思われていた。

この家に来てから、四十九日《しじゅうくにち》の法要が終わるまでいろいろとすることが多かったということもあるが、働きに出かける様子も、職探しをしている様子もなく、日中はずっとパソコンを見ていたからだ。

そして何より、本人の性格が、緩い。

穏やかで人当たりがいいと言えば聞こえがいいが、緩いのだ。

そのせいで、そう勘違いをされていたのだが、日中パソコンを開いているのは株売買のためであり、ゲームをしていたのは自身がかつて社長を務めていたＦＪＫのゲームをユーザー目線で確かめるためという「仕事」であることが分かり、今は、「ニートのねとげ廃人」疑惑は解消されている。

もちろん、性格の緩さは全く改善されていないが。

「うん、もう今日はいいかな。午前中の取引で充分稼いだし」

時刻は午後二時前。市場が閉まるまであと一時間ある。和鷹にとってはまだ仕事中の時間なので小梅は気遣ったのだが、和鷹はそう返事をして立つと、

「小梅、蔵へ行こ？」

そう言ってテレビの前に座ったままの小梅に手を差し出してくる。それに小梅は頷いて差し出された和鷹の手を摑《つか》んで立ち上がった。

小梅は和鷹が大好きだ。

優しくて、格好よくて、前は「社長」という立場にいたなんだかすごい人で、今もすごい人らしいのだが、全然偉そうじゃなくて、いつもニコニコしている。

そんな和鷹が好きで、和鷹も小梅のことを好いてくれていて、一緒にいられるのが本当に嬉しいなと思う。

この藤木家には母屋に見合った立派な大きさの蔵がある。

昔から家の貴重な品々を収めてきた蔵だが、酒類コレクターだった和鷹の祖父である忠昭《ただあき》が一階部分の奥を酒蔵に改装して、その手前部分に八畳ほどの座敷スペースが設けられていた。二階部分も半分は物置だが、もう半分は住空間として過ごせるスペースになっていた。

「おや、どうしたんです？　蔵に何か用事でも？」

和鷹と小梅が蔵に入ってくると、一階の座敷スペースでちゃぶ台を囲んでいた同居人のうちの一人が口を開いた。どこか艶《つや》めいた容姿の青年だ。名前は紫《ゆかり》、という。

「うん。ゆかりりん、ちょっとワインもらえない？」

和鷹の言葉に、紫は怪訝《けげん》な顔をした。

「昼間から飲むんですか？」

「陽《ひ》の高いうちから酒か。なかなかいい休日の過ごし方だな」

そう言って豪快に笑うのは、大柄な青年のショウだ。

「ううん、飲むわけじゃなくて、小梅がリンゴの赤ワイン煮を食べたいっていうから、作ろうかと思って」

和鷹の言葉に、

「はぁ？　料理に私の大事な分身を使おうっていうんですか？　蔵には料理に使っていいようなものはありませんから」

紫が眉根を強く寄せる。

「紫、ダメですか？　少しだけでいいんです」

和鷹の後ろにいた小梅が言葉を添える。それに紫は怯むような顔をしたが、

「……いくら可愛い小梅の頼みでも駄目です」

そう返した。その言葉に、

「小梅ちゃんの頼みでもダメとは、なかなか厳しいね」

同じくちゃぶ台を囲んでいた白いシャツに少し緩めたネクタイ姿の通称・伯爵《はくしゃく》が笑いながら言う。

「線引きはきちんとしないといけませんからね。カフェで出す料理にだって使わせてないんですから」

紫がきっぱりと言い切る。

「確かにそうだ。料理用には別に買って来たのを使ってるからねぇ」

伯爵が笑う。

「じゃあ、その料理用、ちょっと分けてよ」

和鷹が言うが伯爵は苦笑いした。

「ごめん、さっき男爵《だんしゃく》に使われちゃった。明日のランチのビーフシチューの仕込みで」

「あー…じゃあ、しょうがない。小梅、買いに行こっか」

和鷹はそう言って小梅を振り返る。それに小梅は笑顔で頷いた後、

「紫は、一緒に行きますか？」

他意のない様子で聞いた。

「ありがとうございます、気持ちだけいただいておきますよ。ゆっくり二人きりで出かけていらっしゃい」

紫は優しい顔でそう言った後、和鷹を見た。

「ゆっくりと言っても、常識の範囲内の行動にしてくださいね？　いくら二人が恋仲でも、いかがわしい場所に出入りしたりしないでくださいよ」

その顔は同じく笑っているが、小梅の時とは違い目が笑っていない。そして和鷹はわりと失礼なことを言われているにもかかわらず、

「うわー、俺、そんなに信用ないんだ？」

ヘラリと笑って返してくる。

「孫殿は相変わらずだなぁ」

ショウは笑って言うと、「ついでの買い物がないか、二階にいる連中に聞いてくる」と一度その

場を離れた。

和鷹の同居人は全部で七人、小梅に、蔵の一階にいた三人と、二階に三人だ。

ほどなくショウが下りてきたが、特に必要なものはないということで、和鷹と小梅は二人で買い物に出かけた。

目当てはもちろんワインだったが、二人きりでとなると、紫が言ったように「恋仲」である二人にとってはデートにも近い。

ワインは最初に売り場で見た国内産の低価格帯テーブルワインに決めた後は、二人でいろいろな売り場を回っては他愛のない話をして――結局、買ったのはそのワインだけなのに一時間近くスーパーにいた。

片田舎である故にスーパーの往復にも時間がかかるため、帰って来た時にはもう日暮れが近づいていた。

「あー、やっと帰ってきたっスね！」

駐車場に車を止めた和鷹と小梅を出迎えたのは、同居人の一人であるチャーリーだ。

「チャーリー、どうかしたんですか？」

助手席から降りた小梅が問う。

「蔵で、殿《との》が和鷹さんを呼んでるんですよ。帰ったらすぐに来てもらうようにって、俺に駐車場で待機してろっていうんですよー。人使い荒くないっスか？」

やや不満げな様子で、チャーリーは言う。

「断ればよかったのに」

車から降りながらこともなげに言う和鷹に、

「先輩の言うこと、断れないっスよー。それになんていうか、殿、ちょっとキレたら怖そうじゃないですか」

チャーリーは後半部分を声をひそめて言う。

いつも和服姿でいる通称「殿」は、落ち着いているし、怒ったり、声を荒げたりすることも滅多にない。

人にものを頼む時も丁寧で、優しいと小梅は思う。

「紫のほうが怖くないですか？」

どちらかというと紫のほうがあれこれ怒ることは多いと思うのだが、

「紫さんみたいに、ちょいちょい小言言ってくれるほうが、俺的には結構楽なんスよ、気持ち的に。殿はなんていうか、キレたら洒落になんなくなりそうっていうか……」

肩を竦めて言うチャーリーに、和鷹は「あ、なんかわかる」と同意を示した。小梅はいまいちよくわからなくて小首を傾げつつ、蔵へと向かう和鷹について行った。

蔵に入ると、スーパーに行く前には座敷スペースにいた三人の姿はなかったが、母屋から煮炊き物のいい香りが漂っていたので、夕食の準備をしているのだろうと察しをつけ、和鷹は買ってきたワインを座敷スペースに置いて、二階へと向かう。

その後を小梅とチャーリーが続いた。

二階の居住スペースでは、文机の上に置いたパソコンの画面を見ている殿がいた。

「殿、なんかあったー？」

和鷹が声をかけると、殿は軽く振りかえり、

「ああ、呼び立ててすまないね。この酒蔵なんだけど、ちょっと見てもらえるかな」

そう言ってパソコンを和鷹のほうへと向けた。

画面に表示されているのは、地方の造り酒屋のウェブサイトだった。

「へぇ、聞いたことのない酒蔵だねー。創業二百年か…規模は小さいけど、結構長く続いてるね。ここがどうかしたの？」

画面を操作して創業についてや、歴史、販売されている酒の銘柄などを見ながら和鷹が問う。

「なかなかいい酒を造る蔵なんだけど、資金難で、経営がかなり苦しいみたいでね。和鷹くん、お金持ちだろう？　なんとかできないかい？」

殿はさらりとこともなげに言った。

「うわー、豪快なことをサラッと言いますねー」

話を聞いていたチャーリーが少し呆れた様子を見せる。

そして、何とかできないかと聞かれた和鷹は、

「うーん、お金だけの問題なら何とかできなくもないとは思うんだけど、資金難に陥った原因が分かんないとちょっとなーと思うし、どんなお酒造ってるのかも分かんないし」

もっともなことを言う。

「確か、レンタイなんとかになってて、相手が逃げて借金を背負うことになったって聞いてるよ」

殿の言葉にピンと来たのか、

「連帯保証人？」

和鷹が問い返した。それに殿は頷く。

「うん、確かそんな名前だった」

「聞いてるって、誰に聞いたわけ？　そんな情報、ウェブサイトに上がるはずもないし」

「ああ、この前スーパーに連れていってもらっただろう？　その時に特設会場でいろんな日本酒を売ってたの覚えてないかい？」

殿に言われ、和鷹は少し記憶を巡らせる。

「殿と行った時……あ、いろいろ試飲した時だ」

「そう、その時。丁度この酒蔵の酒が出されててね、瓶を手に取ったらいろいろと身の上話をしてきたものだから、気になって」

殿の言葉に和鷹は少なからず驚いた。

「そういうこと、できちゃうんだ？　他の酒と身の上話的な……」

「普通はできないよ。僕もかなり驚いた。でも、よほど切羽詰まって、何とかしたいっていう気持ちに僕が手に触れたことで、何らかの力が生まれたんだろうと思う」

殿はそう説明するが、殿自身、起きたことを分析するとそうだったんじゃないかという感じだけの様子だ。

「うーん、まあ、そういうこともあんのかなー。とりあえず、ここのお酒注文してみるねー。それで好みだったら、支援について考えてみる……住所、電話番号…これでよし、と」

和鷹はキーボードを操作してさっさと注文をすませる。

「多分、気に入ると思うよ。試飲したけど、おいしかったから」

「殿がそう言うんなら、届くの超楽しみ。届いたら合う肴《さかな》作ってくれる？」

和鷹の言葉に、もちろんだよ、と殿は返した。もしかしたら酒蔵を何とかできるかもしれないという希望ができたからか、その顔は少し微笑《ほほえ》んでいるように見えた。

「じゃあ、お酒届いたらよろしくー」

軽い口調で言って、和鷹は下へと下りる。それについて小梅も一緒に下に下りたのだが、階段の途中で不意に和鷹が足を止めた。

「和鷹さん？」

どうかしたんですか？　と続けようとした小梅の声は、

「えーっと……どちら様？」

という和鷹の誰何《すいか》する声に遮られた。

その言葉に誰かいることを察した小梅は、和鷹の後ろからこっそりと座敷スペースを見た。

すると、そこにはすらっとした長身で麗しい顔立ちの青年が戸惑った様子で立っていた。

――あ、あの人……。

小梅がそう思った時、青年は畳に置かれていたスーパーの袋から、買って来たばかりのテーブル

ワインを手に取り、

「信じてもらえないかもしれませんが、これ、です」

自分でも半信半疑という様子で説明してきた。

「……え……ちょっと待って、え？」

青年よりも戸惑った顔で和鷹は小梅を振り返った。それに小梅は頷く。

「あの人、あのワインです」

「……なんで？　ゆかりんがいるのに？　……小梅、悪いけど母屋に行ってみんな呼んで来て」

和鷹はそう言った後、二階にいる殿とチャーリーにも下りてくるように伝えた。

小梅は和鷹に言われたとおり、蔵を出て母屋に向かい、テレビを見ていた紫とショウ、台所で夕食の準備をしているところだった伯爵と男爵を連れて蔵に戻った。

戻ってくると座敷スペースには先ほどの青年と和鷹、殿、チャーリーが座布団に座していて、小梅と一緒に蔵に戻ってきた紫は青年を見るなり、

「……おや、まあ…」

多少の驚きを含んだ声を漏らした。ショウ、伯爵、男爵も声は出さないものの同じく驚いている様子だ。

「ゆかりん……なんで？」

和鷹は、座敷スペースに上がってくる紫を、理解不可能、という顔で見ながら聞いた。

「私に聞かれても知りませんよ」

「知りませんって、ゆかりん、ワインでしょ？　そんでこの子もワインでしょ？　なんで同じワインなのに別個体で出てきてんの？」

和鷹の同居人は、小梅をはじめとして七人。それは間違いない。

ただ、説明を加えるならば、この七人は人間ではない、ということだ。

彼らはこの蔵に収蔵されている酒の精なのだ。

紫はヴィンテージワインであり、伯爵はブランデー、男爵はウィスキー、殿は日本酒でショウは焼酎《しょうちゅう》、チャーリーは発泡酒で、そして小梅は梅酒――和鷹の祖母が最期の年につけた二十年物――だ。

チャーリーは和鷹が来てから偶発的に人の姿を取るようになったのだが、それ以外の六人は和鷹の祖父の忠昭がいた頃、一人この家で過ごす忠昭の話し相手になれたらと望むうち、人の姿を取れるようになった。

話し相手になりたいと思うほど、忠昭は蔵の酒に愛情を持って接していたからだ。

だから、酒が人の姿を取る、ということは理屈は抜きにして、そういうこともあるんだなとアバウトに理解し、受け入れていた和鷹だが、「ワイン」というくくりでは紫がすでにいるため、同じワインなのに、新人がやってきたことは驚いた。

紫は少し考えた後、

「お互いにアイデンティティーが違いすぎて、別になったんじゃないですか？」

そうとだけ言った。

「アイデンティティーが違うって……」

和鷹は首を傾げたが、酒組は何やら理解したらしい顔をし、殿が口を開いた。

「たとえとして適当かどうかは分からないけど、A5ランクの和牛と、グラム単価の安い輸入牛が同じかと言われたら、牛肉というくくりでは同じでも、やっぱり違うと思わないかい？」

その説明で和鷹はざっくりとだが納得した。

「あの……すみません」

新しく来たテーブルワインは申し訳のなさそうな顔で謝る。その言葉に真っ先に反応したのは小梅だった。

「謝ることありません！　新しいお友達ができて、僕は嬉しいです！」

にっこり笑顔で天使発言をする。

それはテーブルワインを気遣うというよりも、本当にそう思っていると分かる表情だった。

「そうだね、カフェのほうも忙しくて、もう一人くらいウェイターが欲しかったところだしね」

同意したのは伯爵だ。

みんなの作る料理がおいしかったので、家を改装して、近所の人たちが気軽に立ち寄れるような古民家カフェをやったら面白いかも、という思いつきからカフェを始めたのは去年の秋の終わりだった。

特に宣伝もしていないのに口コミで客が増え、他県からわざわざ来る客も多数で、すぐにこの家だけでは手狭になった。

そこで空き家だった隣家を買い取り、改装してそちらで新たにカフェをオープンしたのが春の終わりだ。

店が変わっても盛況なのは変わらず、客席数が増えたこともあって売り上げもかなりアップした。その分、忙しくなったのも事実で、そういう意味で新たな戦力となってくれそうなテーブルワインの存在はありがたい。

「ああ、確かに。しばらくはここでの生活に慣れてもらうのが最優先になるが」

男爵も頷きながら返した。

「これで俺にも後輩ができるんスね！」

酒の中では一番新入りだったチャーリーが少しズレたポイントで喜びながら、テーブルワインを笑顔で見る。

「後輩が来たところで、おまえの立ち位置がそう変わるとは思えんがな」

からかうのはショウで、その言葉に笑いながら「確かに」と頷くのは殿だ。

「まあ、人の姿を取ったものを、戻れと言うのもね。カフェが忙しいのも確かですし」

紫は複雑な表情をしながら言う。一見すると歓迎できないのかと思えるような雰囲気だが、嫌ならもっとはっきりと主張するのが紫だし、チャーリーが来た当初も似たような態度だったので、誰も気にしなかった。

「じゃあ、名前を決めないといけませんね。和鷹さん、なんて呼べばいいですか？」

小梅は無邪気に和鷹を見る。

「いきなりだなー」

「でも、名前がないとなんて呼べばいいのか、わかりません」

正論で返してくる小梅に、和鷹はテーブルワインのボトルをしばらく眺めた後、

「んー、じゃあ、メルで」

さらりと言った。

「メル、ですか？」

「由来はなんだ？　チャーリーはチャラチャラしてるからって理由だったと思うが」

小首を傾げる小梅と、チャーリーが来た時のことを思い出しつつショウも首を傾げる。

それに和鷹はあっさりと、

「メルテールって会社のワインだから。それで、メル」

と、由来を告げる。

「ちょっと、それ安直すぎないかい？」

「そうっスよ！　もうちょいなんかひねるとか！　ついでに俺のチャーリーも変えてくださいよ！　俺そんなチャラくないっスから！」

殿と、そしてチャーリーが自分の改名を含めて物言いをつけたが、

「ありがとうございます、嬉しいです」

当の本人は笑顔で受け入れ、結局名前は「メル」になった。

「では、ここでの過ごし方についていろいろと教える。ついて来い」

男爵が立ち上がりながら言う。どうやら教育係を買って出るつもりのようだ。

「はい、よろしくお願いします」

メルも立ち上がり、男爵と一緒に座敷スペースを出た時、和鷹の携帯電話が着信を告げた。

「あ……康平だ。電話とか珍し……」

液晶画面に表示された「鞆坂康平」の名前にそう呟《つぶや》いて、和鷹は電話に出た。

「もしもし、なんかあった？」

『あ、分かっちゃう？　以心伝心ってやつ？』

そう言った康平は自分で「気持ち悪っ」と付け足してゲタゲタ笑った後、

『今、話す時間ある？　アレだったら改めるけど』

電話も珍しければそんなふうに断りを入れてくるのも珍しくて、よほどのことがあったな、と和鷹は察しをつける。

「大丈夫。何？」

『あのさ、奏多のことなんだけどさ』

出された名前に、和鷹はひたむきでまじめな後輩の姿を思い出した。

「カナちゃん、どうかしたの？　確かうちに転職してくれたってとこまでは聞いてるけど」

『弱り切った奏多と遭遇した。仲間に引き入れるための有効策、求む』

そんな文言の連絡が和鷹を含めたＦＪＫ初期メンバーの連絡用アプリに入ったのは夏のことだった。

業界を離れても、奏多が就職した会社のブラックさは和鷹の耳に入っていたし、同じ分野にいる仲間たちはもっと詳細に知っていただろう。

第一報から五分以内に全員から「弁護士入れろ」「弁護士案件」「弁護士一択」「全力で弁護士」と、とにかく弁護士を入れて解決を図るという意見がずらりと並んだ。

その後、病気理由での前の会社の退職とＦＪＫへの転職という報告はあったのだが、転職以降は特に奏多のことについての話はなかった。うまくやっているから話題がないのだろうと思っていたが、康平の口調からはどうもそうではないらしいのが窺《うかが》えた。

『いや、仕事はちゃんとしてくれてる。けど、精神的にやっぱ立ち直れてないし、体調も微妙でさ。こっちはそういう事情も全部知ってるし、仕事はちゃんとしてくれてるから、多少の病欠とか遅刻とか全然気にしてないんだけど、本人が気にしちゃってつらいみたいで。そんで、しばらくおまえのとこでゆっくりさせてやりてぇんだけどっつーか、ゆっくりしてこいって言っちゃったんで頼める？』

完全に事後承諾だが、和鷹にしても奏多のことは知っているので、

「いいよー。いつから来んの？」

簡単に受け入れを決める。

『本人は社内ですませたい仕事があるって言うから、その目途《めど》ついたらって言ってる。でも二週間以上かかるようなら強制的にそっちへ送るから』

「分かった。後でうちまでの地図、送っとくから、カナちゃんに転送したげて」

『悪いな、助かる』

「あー、でも何のお構いもできないよってことだけ伝えといてくれる？　食事と寝床の準備しかないって」

『そんで充分。じゃあ、頼むな』

「了解、じゃあね」

そう言って通話を終えると、小梅が興味津々といった様子で和鷹を見た。

「和鷹さん、誰か来るんですか？」

「うん。しばらく、お客さんがうちに来ることになった」

いつものヘラヘラした調子で言った和鷹に、

「ちょっと！　しばらくってことはここに泊まるってことですか？」

まず紫が詰問《きつもん》し、

「俺達の正体がばれたらどうするつもりなんだい？」

伯爵が続いた。

しかし、和鷹は、

「カフェまで営業しといて、何を今さら。お客さんにバレてないんだから、バレるわけないじゃん」

と笑うだけだ。

「確かに、そうかもしれないけど……」

伯爵は一応同意はしたものの、不承《ふしょう》不承《ぶしょう》といった様子を見せ、

「店の中だけでの付き合いと、四六時中一緒にいることになるのとは話が違うんじゃないかい」

殿も懐疑的な言葉を口にした。

紫とチャーリーもそれに同意するように頷き、ショウは腕組みをしたまま、どちらの意見ともつかない様子だ。

「来るのは大人しい、いい子だから大丈夫だよ。それに、もういいよって言っちゃったし……」

和鷹のその言葉に、紫はため息をつくと、

「仕方ありませんね、家主の決めたことですから」

受け入れる旨を伝える。

「ごめんねー」

一応和鷹は承諾を得ず決めてしまったことを謝るが、軽い。

もっとも、それもいつものことなので、もはや誰も突っ込まなかった。

その中、話の成り行きを見守っていた小梅は、

「明日になったら、お客様用のお布団を干さないとダメですね！」

ニコニコ笑顔で提案する。

「小梅……、おまえ天使すぎる…」

和鷹がそう呟けば、

「小梅が天使なのは今に始まったことじゃないじゃないですか。ねぇ、小梅？」

小梅を溺愛《できあい》している紫が優しい笑顔を小梅に向ける。

それに小梅は照れたように笑った。
その様子にもまた「天使だ……」と胸の内で呟く和鷹と紫だった。

2

来たことのない、地方の小さな駅で電車を降り、そこからタクシーで三十分。

奏多を乗せたタクシーは一軒の家の前で止まる。

「はい、ここですよ」

気のよさそうな運転手がそう言って、後部座席の奏多を振り返った。

「ありがとうございます」

礼を言い支払いを終え、奏多は隣のシートに置いていたボストンバッグと、パソコンのケースを持ってタクシーを降りた。

かなりの築年数だと思わせる日本家屋。その表札には「藤木」とあり、確かにここが目的地であることを示していた。

門扉《もんぴ》についているインターフォンを緊張しながら押すと、ややして返事があった。

『どちらさまでしょうか』

誰何する声は知らない男のものだった。それだけで、奏多の緊張が増す。

——同居してる人がいるって言ってたから……。

自分に言い聞かせるように胸の内で呟いてから、奏多は名乗った。

「あ、の……新城、と申します…」

『すぐ参りますので、少々お待ちください』

奏多が来ることは伝えられていたらしく、名乗ると理解してくれた。

やや《　》して門扉の奥の玄関戸が開き、松の植えられた築山《つきやま》のある前庭を長身の青年が柔らかな笑みを浮かべて近づいてきた。遠目からでも圧倒的な美形なのが分かったが、近づいてくると尋常じゃないほどの美形だと思った。

——画像加工なしでもここまでの美形っているんだ……。

そんなことをぼんやりと思っていると、門扉を開けた美形に、

「新城奏多さんですね。お待ちしてました」

と、フルネームを呼ばれ、奏多は驚く。

「え、あ…はい。お世話、に、なります」

返事をするのがたどたどしくなってしまうのは、驚いたこともあるし、間近で見るには神々しすぎる美形具合に気持ちのテンションがおかしいからだ。

「中へどうぞ」

美形はそう言うとさりげなく奏多の荷物を持ち、家の中へと促す。

「すみません、お邪魔します……」

奏多は促されるまま、美形の後ろについて進んだ。

通されたのは居間と思《おぼ》しき部屋だった。

——立派な部屋……。

いや、この部屋だけではなく、家全体が立派だ。

雰囲気としては横溝正史《よこみぞせいし》の小説に出てくる日本家屋からおどろおどろしさを抜いて、小ぶりにした感じだろうか。

そんなことを考えていると、居間に奏多を案内した後、部屋を出ていたさっきの美形が飲み物を持って戻ってきた。

「和鷹さんは、今、カフェのほうで昼食中なんですが、新城さんがいらっしゃったと連絡を入れましたので、すぐにお戻りになると思います」

お茶を出しながら、美形はそう言った。

「カフェ……」

「ええ、隣の家を改装してカフェを経営してらっしゃるんです」

その説明に、なんとなく来る前にそんなことを聞いたような気もするな、とぼんやりと思う。

「新城さんは、昼食はお召し上がりになりましたか?」

時刻が昼食時だからだろうが、そう聞いてくれた。

「……電車の中で…」

歯切れの悪い返事になってしまうのは、食べたと言っても朝食と兼用で買ったサンドイッチを半分ほどで食べられなくなってしまってそれきりだからだ。

一時期ほどではないとはいえ、食欲はまだあまりない。

もちろん、それなりに食べられる時もあるのだが、ムラがある感じで、ここ一ヶ月ほどは食べられないことが続いていた。

「そうですか」

美形は軽く頷いてそう言ったが、その後、奏多は気の利いた返事をすることもできず、出された
お茶を飲むタイミングも妙に分からなければ、視線をどこに向けていればいいのかも分からなくて
落ち着かなかった。

決して悪い人ではないと分かっているのだが、「知らない人」に対して必要以上に身構えてしま
う癖がついてしまっていて、全身がセンサーになったような感じがしてしまう。

「……和鷹さんを呼んできますね。少しお待ちください」

恐らくそんな奏多の様子に気を使ったのか、美形はそう言うと立ち上がり席を外した。

部屋に一人になり、実際ほっとしたのは事実だが、初対面の人に無駄に気遣いをさせてしまった
自分に嫌悪にも似たものを覚え、奏多は落ち込む。

――どうして、普通にできないんだろう……。

昔はこうじゃなかった。

けれど、その頃には戻れない。

むしろ、どうして昔はあんなに無防備で「人の悪意」に対して鈍感だったのか分からない。

――鞆坂先輩にも迷惑かけてばっかりだし……。

その挙句、業界から遠ざかり、ここで悠々自適《ゆうゆうじてき》の生活をしている和鷹にまで世話をかけようとし
ている。

――藤木先輩なんか、大学の先輩って言ってもちょっとしか一緒じゃなかったし……。

奏多が入学した時、和鷹たちは四年生で、その頃にはＦＪＫを立ち上げていたが、すでに注目されるゲーム会社として業界では知られていた。

奏多は、たまたま大学で最初に友達になった相手が康平の高校時代の後輩で――彼は一浪での入学だった――そのつながりで、なんとなく大学構内にあるＦＪＫの部室に出入りして作業を手伝うようになった。

当時、立ち上げメンバーが四年生として在学していたため、大学でサークルとして認可を受けていたＦＪＫは構内に部室を持っていたのだ。

和鷹ともそこで知り合ったのだが、和鷹が卒業後一年ほどで社長業から退いたので、実際に交流があったのは二年足らずだ。

もちろん、立ち上げメンバーはその後も和鷹と交流があり、情報は彼らを通じてそれなりに入ってきたが、直接会うことはなかった。

だから、顔を合わせるのは五年ぶりくらいになる。

それなのに、康平が頼んでくれたから受け入れてもらえたとはいえ、いきなり世話になるということ自体非常識なことなのだと改めて思う。

完全に自己嫌悪祭りで俯いてしまった奏多の耳に、部屋に近づいてくる足音が聞こえ、その音に奏多が顔を上げようとした時、

「カナちゃん、久しぶり！　遠かったでしょー？」

懐かしい穏やかな声が聞こえて、顔を上げると昔と変わらない、力の抜けた笑顔の和鷹がいた。

「藤木先輩……」

「ごめんねー。今日、カフェのお昼ご飯が俺の好きな煮込みハンバーグだったから、食べに行っちゃってた。人気だからすぐに売り切れちゃうんだよねー。あ、カナちゃん、お昼ご飯は？　まだだったらカフェに食べに行く？」

久しぶり、と言ったわりには和鷹は昨日も会っていたような気やすさで聞きながら居間に入って来て、奏多の前に腰を下ろす。

和鷹は本当に昔と何も変わっていなくて、奏多はほっとした。

「いえ…、来る時に電車で……」

「あ、食べてきたんだ？　じゃあカフェご飯はまた今度。ホントにおいしいから、期待してて」

その返事に頷いた奏多は、和鷹の背後の襖戸《ふすまど》のあたりでちょこっと顔を覗かせている人物に気がついた。

小柄で、とても可愛らしい顔立ちの少年だ。

「藤木先輩、あの、誰かいらっしゃって……」

奏多が言うと和鷹は振り返り、戸口にいる少年に笑顔を見せ、手招きで呼びよせる。

「おいで、紹介するから」

「はい！」

少年は笑顔で居間に入ってくる。手首から小さなうちわを下げ、カットソーとトレンカ、その上から作務衣《さむえ》というよりは甚平《じんべえ》を纏《まと》った一見風変わりな格好だが、似合っていて、この家の雰囲気にも馴染《なじ》んでいた。

「今、同居してるメンバーの一人で小梅」

和鷹に紹介された小梅は笑顔で、

「いらっしゃいませ、小梅です」

そう挨拶をしてきた。

人懐っこい笑顔と、さっきと違い知っている和鷹がいるという安堵感から奏多はあまり緊張することなく、

「はじめまして、新城奏多です。しばらくお世話になります」

挨拶を返した。

「あと、カナちゃんを最初に案内してくれたのがメルっていうの。メル、ちょっと来て」

和鷹が呼ぶと、ややしてから先ほどの美形が居間にやってきた。

「お呼びですか?」

そう言って入口近くに控えて膝《ひざ》をつく様子は、驚くほど様になっていた。

「うん、一応、改めて紹介しとこうと思って。俺の後輩の新城奏多くん。俺はカナちゃんって呼んでるけど、奏多くんとか、そういう呼び方でいいのかな?」

和鷹は奏多に確認を取る。

「あ、はい……好きなように、呼んでください」

奏多が言うと、

「じゃあ、奏多さんですね！　僕のことは小梅って呼んでください」

相変わらず笑顔で小梅が言う。

「そんじゃ、カナちゃんに使ってもらう部屋に案内するね……、あ、お茶まだ飲んでないね。飲んじゃう？」

和鷹は手つかずのままの奏多の湯呑みを見て問う。それに奏多が答えるより早く、

「二階のお部屋でゆっくり飲んだらいいですよ。急《せ》かすの悪いです」

小梅がそう言って湯呑みを持った。

「あ、すみません」

謝る奏多に、小梅は「気にしないで」とでも言うように、やはり笑う。

「じゃ、二階に行こっか」

和鷹が立ち上がり、奏多も続く。そして持ってきた荷物を持とうとすると、すでにメルが奏多の荷物を手にしていた。

「荷物、持てます、から」

自分の荷物なのにと思うと申し訳がなくてそう言ってみるがメルは微笑みながら頭を横に振った。

「階段が急で、慣れるまで危ないですから」

「そうそう、手すりがないから危ないんだよねー。寝ぼけてる時とか未だにちょっとひやっとする時あるもん」

メルに続いて、和鷹も言い、結局荷物はメルに持ってもらうことになった。

確かに二階への階段は急で、荷物を持っていたら少し大変だったかもしれない、と思う。大抵のものは和鷹のところにあるし、足りないものがあれば買い足せばいいのだからとあまりいろいろとは持ってこなかったつもりだが、仕事道具が意外とかさばってしまったのだ。

二階には四部屋あるらしく、奏多にと準備されていたのは南側の部屋だった。ちゃぶ台が一つと、奏多が荷物を入れたりするためにと準備をしてくれたのか、真新しい茶色のカラーボックスが一つ置かれていた。

「こんな広い部屋……」

正直、自分が暮らしているワンルームとほぼ同じ大きさじゃないかと思う。

「八畳間なんだけど、今の団地間とかじゃなくて昔からの八畳だから広く感じちゃうかも。でも他の部屋も似たような大きさだから」

だから気にするなと言外に含めて和鷹は言い、

「お掃除して、お布団も干したからふかふかですよ！」

どこか誇らしげに小梅が言う。そんな小梅を和鷹は微笑ましげに見て、「なー？」と同調する。

その様子はまるで年の離れた仲のいい兄弟のようだ。

「荷物の片づけもあるだろうし、長い時間電車で疲れただろうからゆっくりして。他のメンバーには夕ご飯の時にでも紹介するね」

和鷹はそう言い、小梅は持ってきた湯呑みをちゃぶ台に置いた。気がつくと、メルが持ってきた荷物は入り口近くに置かれていたが、メルは下に下りたのか姿がなかった。

なんとなくそれが引っかかるというか、妙に気になったのだが、なぜ気になるのかは分からなかった。

「じゃあ、また後でねー」

和鷹がそう言って小梅と一緒に部屋を出る。ペコっと小さく会釈をする小梅に、奏多も会釈を返した。

部屋で一人になった奏多は、ゆっくりと部屋を見渡した。

時間を経た家が持つ独特の雰囲気は、懐かしい気がした。

奏多の家は父方、母方ともにマンション住まいでこういった田舎はないのだが、それでも「懐かしい」という気持ちになるのが不思議だった。

それと同時に、少し気が緩む。

――荷解き、しなきゃ……。

そうは思ったが、気持ちが緩んだのと同時にいろいろな疲れが出て、奏多は準備されていた座布団を一つ取ると、それを枕に横になった。

――少しの間だけ横になって、そうしたら荷物、片づけよう……。

軽く目を閉じた奏多は、思いのほか移動の疲れがあったのか、いつの間にか眠りに落ちていた。

◇◆◇

「カナちゃん、風邪ひくよ？」

優しい声とともに肩を揺さぶられて、奏多はハッとして目を開いた。

「あ…、え？」

一瞬自分がどこにいるか分からず奏多は戸惑ったが、不思議そうな様子で顔を覗きこんでいる和鷹に、自分が和鷹の家に来ていたことを思い出した。

窓の外は夕焼け色に染まり、部屋の中は少し暗くなっていた。

「す…すみません……」

慌てて起き上がった奏多に、

「謝んなくていいよー。静かだから多分、寝てるんじゃないかなーとは思ってたし。でも、夕方になると急激に寒くなっちゃうから、起こしに来た。お茶、飲まない？」

和鷹はそう言って、ちゃぶ台の上に置いた新しい湯呑みを指差した。

あたたかな湯気を立てている二つの湯呑みから少し離れたところに、もう一つの湯呑みがある。小梅が一階から持って来てくれたものだ。

結局、飲まないまま冷めきってしまって、申し訳のなさを感じながら奏多はちゃぶ台の前に移動して座り直した。

和鷹は特に何を聞いてくるでもなく、お茶をすすり始める。

口を開いたのは、奏多のほうだった。

「……鞆坂先輩から、僕のこと、聞いてますか…？」

「カナちゃんのことって？」

「前の……仕事のこと、とか」

「んー、一応ざっくりと。前の会社がブラックすぎて倒れる寸前みたいな感じだった時に康平と会って、康平が裏から手を回してカナちゃんをＦＪＫにゲットだぜ！　ってやったって」

本当にざっくりとした説明で気が抜けた。康平がそうとしか話していないというのは考えづらく、多分和鷹が今、奏多に話すのにまとめたのだろうとは思う。

だが、大変だったね、などと気遣われると否応なく当時のことを思い出してしまっていただろうから、自分から聞いておきながらとは思うが、少しほっとした。

「あとは、まだ体調よくなくて、会社に行くのもつらい時があるって聞いてるくらい。まだ結構大変な感じ？」

和鷹の問い方はほどよく力が抜けていて、奏多は素直に頷いた。

「……すごくムラがあって……。せっかく鞆坂先輩がＦＪＫに入れてくれたのに、欠勤とかも多くて、申し訳なくて……」

「入院しちゃうくらい体調悪かったんだし、それはしょうがないんじゃない？　まだ本調子じゃないってことだと思うし、無理するほうがよくないよ。そう思ったから、康平もこっちへ来させたんだろうし」

「でも……、藤木先輩にまでご迷惑かけて」

俯いてしまった奏多に、和鷹は笑った。

「そういうのは全然ないから、気にしないでいいって。カナちゃん、一人暮らししてるんだよね？」

「……はい」

「だったら、やっぱうちに来て正解だと思う。一人暮らしで体調が悪くなったら、シャレになんない時ってあるじゃん。うちだと必ず誰かいるし……あー、まあ同居人の数が多いからちょっとにぎやかすぎるかもだけど」

和鷹はそこまで言って少し考えるような間を置いてから、

「もしカナちゃんがみんなとあんまり顔合わせたくないとかだったら、食事とかもここに運ぶし、洗濯物とかも部屋の前に置いといてくれたら勝手に回収して洗って持ってくるし。リクエストあったら何でも言ってみて？　叶えられないのもあるけど」

奏多の要望を聞いてくる。

純粋に奏多のことを心配して聞いてくれているのが分かって、自然と奏多の目から涙が溢れた。

「……本当に、すみません…。いろいろ負担、かけて…」

「だから、謝んなくていいよー。負担のうちに入んないし、それにみんなでわちゃわちゃできるの、楽しいじゃん」

和鷹は昔と何も変わっていないように思えて、奏多にはそれが懐かしかった。

「……藤木先輩は、昔と変わりませんね」

「あー、よく言われる。まあ、もう成長しきっちゃってるから、老けるって以外だとあんまり変わりようもないと思うんだよね」

「そういうところも、です」

そう返してきた奏多に、和鷹は少し笑って、

「康平も全然変わってないと思うんだけどなぁ……腹黒いところとか」

共通の一番の知り合いを引き合いに出す。

「鞆坂先輩は……会社だと、違いますよ、やっぱり」

「えらそうにしてる？」

「いえ…、頼りがいのある上司だし、昔よりも落ち着かれたと思います」

「落ち着いた……？　懐中電灯の代わりに頭に花火を鉢巻きで括りつけて八《や》つ墓村《はかむら》ごっこして服を焦がした康平が？」

怪訝な顔をして聞く和鷹に、奏多はその時のことを思い出して笑った。

「そんなこと、ありましたね」

それは二作目のゲーム制作の真っ最中だった。突然「何もしないまま、夏が終わる！　耐えられない！」と叫んだ康平の音頭の下、急遽《きゅうきょ》花火大会が始まったのだが、康平は何を思ったか手持ちの打ち上げ花火を頭にさし、人を追いかけ回して遊んでいた。

「むしろ、そんなことしかしてない気がする。いきなりたき火で焼き芋やりたいって言いだしたり

……よくあれで二作目のゲームがちゃんと仕上がったと思うよ。カナちゃんとか超大変だったでしょ？　思いつきでキャラクターのディテール変更とか平気で言いだすし」

奏多がそれなりに絵を描ける、というのが知れたのはＦＪＫの手伝いをして間もなくの頃だ。

専門的に絵の道に進む度胸はなくて、趣味で続けていければいいや、という気持ちでいたのだが、たまたまノートに落書きしていたものを見られて、制作に入ったばかりの新作ゲームのキャラクターの何人かを担当することになった。

そのキャラクターの評判がよく、和鷹たちが卒業した後も奏多はＦＪＫの手伝いを続けていた。

そして奏多が就職活動を開始した頃――その頃、和鷹はすでに社長職を退いていたが――康平を始めとしたＦＪＫの知り合いに、うちに来い、と何度も誘われた。

それを固辞したのは、口さがない同級生から、ＦＪＫの腰ぎんちゃくだと揶揄《やゆ》されたり、就職活動がうまくいかないいらだちからだと思うが「おまえは先が安泰でいいよな」と嫌味交じりに言われるのがつらかったからだ。

それに、創業時の苦労などをほとんど知らない自分が、おんぶに抱っこでそのまま世話になるというのも、心苦しかった。

だから、自分の力を試してみたい、と断って他社に就職したのだ。

「でも、いろいろ気を使ってくれてました。そのことが身にしみたのは、別の会社に就職してからでしたけど……せっかく誘ってもらってたのに、変な意地張って……結局、鞆坂先輩に助けてもらって」

自嘲《じちょう》するというには苦いものが濃い表情で奏多が呟く。だが、和鷹は、

「んー、でも、結果ＦＪＫに来てくれたから、筆頭株主としては戦力が増強されたって意味で、凄い喜んでるけどね」

それなりに深刻な空気にもかかわらず、いつもの調子だ。その時、

「和鷹くん、そろそろ夕ご飯だよ」

階下から呼びかけているらしい声が聞こえてきた。それは奏多が聞いたことのない人物の声で、会っていない同居人のものだろうと察せた。

「カナちゃん、どうする？　ご飯、下へ食べに行ける？　それとも持ってこようか？」

気遣って聞いてくれる和鷹に、奏多は頭を横に振った。

「下へ、食べに行きます」

正直に言うと、まだ会ったことのない他の同居人たちと顔を合わせるのは少し怖い。突然やってきた自分のことをどう思っているか分からないからだ。

だが、挨拶もしないというのは、印象を悪くするだけだし、動けないほど体調が悪いわけでもないのだから、余計な手間をかけさせたくなかった。

「そう？　じゃあ、一緒に行こうか」

和鷹は言って立ち上がると、自分が持ってきた湯呑み二つと、来た時に入れてもらったきり、手つかずで置いたままにしてしまった湯呑みをお盆に載せて部屋を出ていく。

せっかくお茶を入れてもらったのに悪いことをしたな、と思いながら、奏多は和鷹について下へ

と向かった。

食事は、居間と仏間の境の襖を取り払ってひと続きにした部屋に座卓を二台並べて準備されていた。

同居人が多いとは聞いていたが、その座卓を囲んでいるのは思った以上の人数で、奏多は驚いた。

「あ、奏多さん、起きたんですね！」

座っていた小梅が奏多を見て笑顔を見せる。

「あ…、はい」

「えっと、奏多さんはここにどうぞ。和鷹さんの隣です」

小梅はそう言って、自分の座した場所から一つ置いて隣を指す。

「右に小梅、左にカナちゃん、両手に花って感じ」

笑って言いながら和鷹が小梅の隣に座し、奏多も指定された場所に腰を下ろした。

「鼻の下を伸ばさないでください。ただでさえしまりがないんですから」

多少呆れた様子の声で言ったのは、小梅の隣に座していた、どこか憂いのようなものを含んだ美《び》貌《ぼう》の青年だった。

「ゆかりん、初対面の相手がいる場でも容赦ないねー」

苦笑する和鷹に、

「取り繕ったところで、すぐに本性はばれますからね」

青年はそう言うと、奏多を見て優しく微笑み、軽く会釈を寄こした。それに奏多も慌てて会釈を返す。

「おまたせ、これで料理は全部」

そこに台所からてんぷらの載った皿を両手に一つずつ持ってきた白いシャツの青年がやってきて、座卓の空いた場所にセットする。

「じゃあ、始めよっか……」

和鷹が音頭を取った時、奏多はメルの姿がないのに気づいた。それを和鷹に問おうかと思ったが、和鷹もすぐに気づいたらしい。

「あれ、メルがいないじゃん。メル、何やってんのー、ご飯にしよー」

和鷹は人の気配のある台所に向けて声をかける。するとややしてからメルが居間にやってきた。

「すみません、お鍋とかフライパンとか、温かいうちに洗っておいたほうが綺麗になるものを片づけてて……」

そう言って、空いていた入口近くの席に座す。

「本当に働き者だよねぇ」

てんぷらを持ってきた青年が感心したように言う。

「働きすぎな気もするけどね」

そう付け足したのは和服姿の青年だ。

正直、座卓を囲む全員が、趣はそれぞれ違えども、ちょっとやそっとじゃお目にかかることのできない整った容姿の青年ばかりで、奏多は驚くばかりだ。

「全員が揃ったところで、みんなに紹介するねー。俺の後輩で、新城奏多くんです。しばらくの間、うちで一緒に住むのでよろしく」

和鷹がざっくりと紹介し、奏多は慌てて頭を下げる。

「よ…よろしくお願いします」

「あと順番に紹介しとくね。小梅の隣で、さっき俺に失礼なこと言ってたのが、ゆかりん」

その紹介を受け、

「紫、といいます。ゆかりん、なんてふざけた呼び方をするのは和鷹さんだけですよ」

ニコリと笑みを浮かべて返してくる。

一通りの自己紹介が続いたが、紫のように名前らしい名前はショウとチャーリーと呼ばれた青年だけだ。残りは殿、男爵、伯爵、と愛称のような感じで、けれど妙にしっくりと来る呼び名だ。

――メルさんも、本名じゃなくてあだ名っていうかそういうのだろうし……。

小梅にしても、可愛い名前だとは思うが、男子につける名前ではないから多分愛称だろう。

だが、それを問うのはなんとなく憚《はばか》られた。

「じゃあ、食べよっか。いただきまーす」

和鷹が言って食事が始まる。各自の前には味噌汁《みそしる》とご飯、そして小鉢のお浸しがあり、それ以外は大皿から取り分ける形でさっきのてんぷらや、煮物、サラダ、キッシュがあった。

「すごく豪華な夕食ですね……」

あまり食欲のない奏多だが、純粋に食べてみたいと思えるものばかりだった。

「でしょー。でも、いつもだいたいこんな感じっていうか、みんな食べるの好きだし、伯爵とか料理好きだからいろいろ作ってくれるんだよね」

和鷹が説明する。

「伯爵…さんが作ったんですか？」

「キッシュは、そうだね。煮物は男爵だよ。てんぷらは手が空いてる人が適当に見ながら揚げてくれてた」

伯爵の説明にチャーリーが手を挙げた。

「はーいはいはい、俺、かぼちゃ揚げました！　サツマイモと、玉ねぎはメルさんです」

チャーリーの言葉に、メルは、

「ちゃんと揚がってるといいんですけど」

控えめに言う。

「大丈夫だろう、サツマイモは一度ふかしてあるし、玉ねぎは生でも大丈夫だ」

男爵がそう言って、確認するようにサツマイモの天ぷらを取り、一口かじる。

「大丈夫、衣もサクサクしていてうまい」

男爵の言葉にメルは安堵した表情を見せた。

「よかったです」

「奏多さん、キッシュおいしいですよ！　食べてください」

小梅が皿に取り分けたキッシュを奏多に差し出す。

「ありがとう、ございます」

礼を言うと小梅は「どういたしまして」と笑顔で返してくる。

渡されたキッシュを口に運ぶと、確かにおいしかった。

「本当だ…すごくおいしい……」

「でしょー？　カフェでも人気のメニューなんだよ。まあ、カフェのメニューはどれも人気なんだけど」

和鷹は言いながら、煮物に手を伸ばす。

「うわ、中まですっごい味しみてる。男爵、本当に煮込み系料理は上手だよね」

「味付けが変わるだけで、基本は変わらないからな」

男爵はクールに返すが、気分はよさそうだ。

「カナちゃんも食べてみて」

和鷹が煮物を取り分けて奏多に渡す。和鷹の言葉通り煮物はしっかり中まで味がしみていたが、濃い味ではなく優しい味で、素材の味もちゃんとあって、とてもおいしかった。

「おいしい……」

思わず漏れた呟きに、

「いっぱい食べてくださいね」

小梅が言いながら、エビのてんぷらを口に運ぶ。

「小梅ちゃん、エビは一人一本っスよ」

チャーリーが言う。それに小梅は「あ」という顔をした。

すでに小梅の皿にはエビのしっぽがあり、小梅が口に運んだのは二本目だった。

「……和鷹さん、半分どうぞ」

小梅は半分残ったエビをおそるおそる和鷹の取り皿に置く。どうやら、和鷹の取り分を食べたことにするつもりのようだ。

「いいよ、小梅、全部食べて」

笑って言った和鷹に、小梅は笑顔全開になる。

「ありがとうございます」

「小梅、私の分も食べていいですよ」

紫も小梅に自分の分を提供する旨を告げると、

「紫も孫殿も相変わらず小梅には甘いな」

ショウが笑いながら言う。

「しょうがないじゃないですか、小梅は可愛いんですから」

「だよなー。可愛い子の笑顔はいつまでも見てたいよなー」

紫と和鷹が意見を一致させる。

どうやら、小梅は二人にとって――いや、雰囲気的に他の同居人全員かもしれないが――溺愛対象のようだ。

――実際可愛いし……。

そんなことを思いながら、奏多は取り分けてもらった料理や、個別に準備されていた小鉢を口に運ぶ。

やはりどれもおいしくて、自然に食べ進めることができたが、やはりすぐに限界が来た。

けれど箸《はし》を置くと、楽しく食事をしている空気を壊してしまいそうで、少量ずつなら大丈夫かも、と奏多は料理を口に運んだ。

しかし、少量ずつとはいえ、普段では食べない量を超えた胃は、咀嚼動作《そしやくどうさ》だけで「まだ入れるつもりだ」と判断したのか、それを拒むように急激に収縮した。

「……ぅ…」

それによって、一旦、胃におさまっていたものが逆流し、奏多は急いで立ち上がると居間を出た。

廊下に出て数歩行くと、目当ての場所らしき扉があり、そこを慌てて開けると、洗面台があった。

本当はトイレまで行くつもりだったのだが、洗面台を見た途端、気が緩み、奏多は耐えきれずそこで嘔吐《おうと》した。

「……ぇお……っ、ぉ……お…っ」

「奏多さん、大丈夫ですか?」

背後からメルの声が聞こえ、すぐに背中をさすり始める。

「カナちゃん、大丈夫? 我慢しないで全部吐いちゃったほうがいいよ」

メルの声に続けて聞こえたのは和鷹の声だ。二人とも心配して来てくれたのだろう。

一通り吐いて落ち着いたところで、奏多はようやく顔を上げた。

「…すみ…ませ……っ…」

ちゃんと謝りたいのに、喉が気持ち悪くて引っかかったような声にしかならなかった。

「謝んなくていいよ。寝起きだったし、そもそも移動で疲れてたから胃がびっくりしちゃったんだろうね。……もう、平気?」

和鷹は責めることなく、むしろ気遣ってくれる。

「……はい」

「今すぐは食べてもまたおんなじことになっちゃうかもだから、二階で休んでくる? それで落ち着いたら、後でまた食べればいいし」

奏多が居間に戻りづらいだろうということも考えてだろう、和鷹はそう言うと、メルを見た。

「メル、カナちゃん、二階へ連れてってあげてくれる? 階段とか、心配だから」

「分かりました。奏多さん、行きましょうか」

促されたが、

「でも、ここの後始末が……」

自分が嘔吐したもので汚れた洗面台の後始末をしないままでというのはものすごく気が引けた。

「気にしなくていいよ、そんなに大した量じゃないし、半分以上流れちゃってるからもう全部流しちゃう」

途中から和鷹が水を出し、それで口をゆすいだりしていたこともあって、確かに洗面台に残った吐瀉物《としゃぶつ》の量は少量だった。

「……すみません…」

「誰にだって体調の悪い時はあるから。俺も飲みすぎて大惨事な時あるし。じゃあ、メル、頼むねー」

和鷹はそう言って奏多を部屋に連れていくように促す。それにメルは頷くと、

「奏多さん、行きましょう」

奏多の肩を抱いて、洗面所を後にした。

二階の部屋に着くと、メルはすぐに布団を敷いてくれ、奏多は勧められるまま、そこに横になった。

「後で飲み物を持ってきますね。水分だけは取った方がいいですから」

「……すみません、ご迷惑、ばっかりかけて…」

謝る奏多に、メルは優しく微笑んだ。

「奏多さんは、謝ってばかりですね。和鷹さんもおっしゃってましたが、気にしなくて大丈夫ですよ。体調がすぐれなくて療養のためにここに来られたということは、みんな知っていますから」

そう言った後、少し間を置いて、

「胃の調子も随分と悪いようなので、明日から消化のいいものを準備しておきますね」

そう付け足した。

「……すみません…」

謝ってばかりだと言われたのはつい今しがたのことなのに、やはり奏多の口からついて出たのは謝罪の言葉だった。

それにメルはただ笑うと立ち上がり、部屋を出ていった。

「……迷惑、かけてばっかりだ……」

会社でも、ここでも、ずっと。

康平の配慮と和鷹の厚意でここまで来てしまったが、初日からこんなに迷惑をかけるようなら来ない方がよかったのかもしれない。

――家に閉じこもって、寝てたほうがよかったかな……。

ここに来なければよかった、というのではなく、いろんな人に迷惑をかけて、嫌な思いをさせるくらいなら、一人でいたほうがよかったかもしれない、と思ってしまう。

――そのうち、藤木先輩にも呆れられる……。ううん、もう呆れられてるかもしれない…。

そう思うとつらくて仕方がなかった。

いや、和鷹だけではない。

康平も、呆れて、もしかしたら厄介払いのつもりで奏多をここに来させたのかもしれない。

そんな人じゃないと分かっていても、そう思ってしまうくらい、奏多は自分自身のダメさ加減が嫌で仕方がなかった。

自分でさえ、自分のことが嫌なのに、他人が嫌にならないはずがない、と。

――このクズ――

――本当に使えねぇな――

誰のものともつかない声が頭の中を巡り始める。

聞きたくなくて耳を塞いでも、頭の中に響く声は止まろうとしない。

――いい加減にしろよ――

――マジ、うざい――

日常的に叩きつけられていた言葉が、途切れることなく繰り返される。

――すみません。

――すみません。

――すみません。

機械のように繰り返し謝るしかなくて。

――気にしなくて、いいですよ――

ふっと、違う声が聞こえた。

まるでその声が深い霧を切り裂いたように　繰り返されていた罵倒がすべて止まる。

――メル、さん……?

声の主の名前を呟いた瞬間、奏多の意識が浮上した。

「……ぁ…」

目を開けると、最初に目に飛び込んできたのは、豆電球のついた部屋の蛍光灯だった。

どうやら、眠ってしまっていたらしい。

布団の上に体を起こし、枕元を見るとお盆に載せられたミネラルウォーターのペットボトルとコップがあり、そこにメモが添えられていた。

豆電球と、意外に明るい月明かりのおかげで、灯りをつけずともメモに書かれている言葉は読みとれた。

『もしおなかがすいたら、冷蔵庫におにぎりがあります。食べてください』

記名はなかったが、多分、メルだろう。

優しくされる価値なんか、自分にはないと思うのに、そんな自分に向けられる優しさに、奏多の目からは申し訳のなさなのか何なのか分からない涙が溢れた。

3

「和鷹さん、そっち、引っぱってください。リシテアちゃんに皺《しわ》が寄ってます」

「こんなもんでいいー？」

「はい、大丈夫です」

翌朝、奏多は庭から聞こえてくる楽しげな声で目を覚ました。

布団から抜けだし、窓の外を見てみると、小梅と和鷹が一緒に洗濯物を干しているところだった。

今、二人が干しているのは、古民家には不似合いな美少女キャラが描かれたシーツだ。

ＦＪＫがリリースしているゲームの人気キャラであるリシテアが描かれたそれは、株主総会で配られた非売品なので、多分、和鷹のものだろう。

――がっつり実用しちゃうところが藤木先輩らしいっていうか……。

まだ半分寝ぼけたような頭でぼんやり見ていると、視線に気づいたのか小梅がふっと上を見た。

そして奏多に気づき、ぱぁっと笑顔を見せると手を振った。

「奏多さん、おはようございます！　体は大丈夫ですか？」

問う声に、奏多は窓を開けた。

「おはようございます。……もう、大丈夫です」

奏多の返事に小梅は安心したような表情を見せると、

「もうすぐ朝ご飯ですよー。一緒に食べましょう！」

そう誘ってくる。正直、食欲はなかったが、誘われた手前頷くしかなく、じゃあ、準備をして下りていきます、と返すと窓を閉めた。

そして簡単に身支度を整え、階段を下りていくと、丁度台所から廊下に出て来たところだったメルが奏多に気づいて会釈を寄こした。

「奏多さん、おはようございます。体調はいかがですか？」

「大丈夫、です。おかげさまで……」

奏多がそう返すと、メルはほっとしたような表情をした。

「よかったです。あ…、顔をお洗いになりますよね。こちらへどうぞ」

メルは奏多を洗面所へ案内した。場所は、昨日、嘔吐した時に知っていたし案内された先もあの洗面所だった。

だが、メルが案内してきたのは場所をつたえるためではなく、

「これが奏多さんの歯ブラシです。タオルはこの棚に新しいのが入っているので、好きに出して使ってください。洗顔石鹸《せっけん》は、みんなここにある三種類をそれぞれ好みで使ってますが、奏多さんの肌に合うものがなければ用意します」

備品の場所などについて教えるためだった。

「ありがとうございます」

「ご飯、もうすぐですから、後で居間にいらしてください」

そう言いおいてメルは洗面所を出た。

一人になった洗面所で、奏多は視線を洗面台に向けた。昨日粗相《そそう》をしたままにしてしまったそこは、当然だが昨夜の形跡などまったくなかった。

——藤木先輩に、謝らなきゃ……。

洗面台を綺麗にしてくれたのは残った和鷹だっただろう。

来た早々、本当に迷惑をかけてばかりだと奏多は罪悪感でいっぱいになった。

手早く洗面を終えて居間に向かうと、朝食の準備が整えられていて、奏多の席と思われる和鷹の隣にはお粥《かゆ》が準備されていた。

「お粥……、わざわざすみません」

奏多が謝ると、朝食の準備をしたのだろうと思われる伯爵が笑顔を見せた。

「ちゃんとしたお粥じゃなくて、お粥もどきだから気にしなくていいよ」

「お粥、もどき……?」

ちゃんとしたお粥に見えるこれが「もどき」とはどういうことなのか、そもそも「もどき」とはどういう意味なのか分からないでいると、

「お米から炊いたんじゃなくて、炊きあがったご飯をフードプロセッサーに水と一緒に入れて何回か回すんだ。それを鍋で温め直すとお粥っぽい感じになるんだよ」

伯爵が説明した。

「そこにごま油を入れるとすごくおいしいんですよ。和鷹さんが中華粥っぽいって言ってました」

小梅が情報をつけたす。

「ちょっとエビを入れたりとかしても、おいしいんだよね」

和鷹がさらにつけたしたアレンジ情報に、小梅は「大好きです！」と同意する。

「まあ、今日のはただの塩味なんだけどね。うちでは二日酔いの人がよくこれを作って食べてる」

苦笑しながら伯爵は言った後、そろそろ始めようか、と食事を促した。

その声で、居合わせたメンバーで行儀よく手を合わせ、「いただきます」と言ってから朝食が始まった。

朝食は塩じゃけに漬けもの、玉子焼き、ジャコの入った大根おろしと、まるで旅館の朝食の見本のようなものだった。

奏多の席にもご飯がお粥になっている以外は同じものが準備されていたが、奏多はまずお粥を口に運んだ。

「……おいしい…」

それは、今まで食べたどのお粥よりもおいしい気がした。

米の甘さに対し、塩加減が絶妙に思えた。

「でしょ？　米は近所の農家さんから買ってるんだけど、いつもおいしいんだよね。この時期は新米だから、特に」

和鷹が笑顔で説明する。

「そうなんですね……、本当においしいです」

そう言ってもう一口食べる。その様子にみんながどこか安心したような顔をしていて、かなり自分が心配をかけていたんだなと改めて思う。

だが、そこで奏多はあることに気づいた。

「……他の方は、召し上がらないんですか？」

昨日よりも座卓を囲むメンバーが少ないのだ。

小梅の隣にいた麗人と、和服姿の青年、それから一番大柄だと思われる青年の姿がなかった。

「紫と殿とショウは、昨日遅くまでお酒を飲んでたので、蔵でまだ寝てるんです」

小梅の説明に、

「ほどほどにしておけと言っても、あまり効果がない三人だからな」

男爵がため息交じりに言う。

「まあ、紫くんは基本的に朝に弱いからあまり朝食に出てこないよね。他の二人は、まあ、飲み過ぎだろうけど」

伯爵は苦笑を浮かべつつ、言った。

「みなさん、結構お飲みになるんですか？」

自分から振った話の手前、そうですか、と終わらせるのも気まずくて、少し話が続くように振ってみる。

「みんな飲むよー。カナちゃんは飲めるんだっけ？」

返してきたのは和鷹だった。

「飲めないわけじゃない、くらいですけど」

と言う奏多の返事に、

「じゃあ、体調よくなったらいろいろ飲ませたげるね。うちの連中、酒にめっちゃ詳しくて、どんな種類のでもおいしいの出してくれるから」

緩く笑って言った後、和鷹は思い出したように付けたした。

「あ、話変わるんだけどさ、康平から昨夜、メール来た」

「鞆坂先輩から……」

奏多の中に、少し緊張が生まれる。

もう会社に戻ってこなくていい、とかそういうものなんじゃないかと不安になったが、

「そう。カナちゃんの様子見て、OKそうなら仕事頼みたいんだって。それで、俺判断で順次カナちゃんに仕事回してほしいってリスト送られてきたんだけど、仕事できそうな感じになったら教えてもらっていい？」

和鷹が告げた内容は、想像と真逆のものだった。

それに安堵する奏多とは対照的に、

「普通、本人に聞くことか？」

「まったく、そういったことは和鷹くんが奏多くんの様子を見守って、配慮しながら切りだすことだよね？」

「あり得ないっスよ、和鷹さん」

「さすがに、でりかしーがないです」

男爵、伯爵、チャーリー、そして小梅までが和鷹を非難し、メルは言葉は発しないものの苦笑していた。

「えー、だって本人に聞くのが一番早いじゃん」

みんなの言葉に、和鷹はやや不満げな顔をするが、全部が和鷹らしいというか、昔のままの和鷹なら必ずそう言うだろうという流れだったので、奏多はどこか嬉しかった。

「リスト、見せてもらえますか？　……できそうなものがあったら、やってみます」

自信はないものの、控えめに言うと、

「無理しなくていいですよ。昨日、しんどくなっちゃったんですから」

小梅が心配そうな顔をして、言った。

——優しい子だな……。

奏多はそう思いながら、ただ「ありがとう」とだけ小梅に返す。

小梅は「ホントに無理しちゃだめですよ」とまだ心配そうだったが、それ以上はもう言わなかった。

朝食に出されたもののうち、奏多が食べきれたのはお粥だけだった。

三切れあった玉子焼きの一切れと漬物を食べ、塩じゃけと大根おろしは手をつけられずにいたのだが、和鷹に『おなかいっぱいで食べられないならもらっていい？』と聞かれて頷くと、居合わせた全員でじゃんけんが始まり、勝ち抜け順に欲しいおかずが分配されていき、無駄にならずにすんだ。

とはいえ、昨日から迷惑をかけてばかりで何もしていないのが心苦しくて、

「あの…洗い物、手伝います」

食事の後、それぞれの食器を台所の流しへと持っていった際に、奏多は思い切って手伝いを申し出た。

洗い物の当番だったのか、男爵は腕まくりをしながら、

「いや、今日は構わない。そのかわり、明日頼んでもいいか？　今日はカフェが定休日で人手が足りているが、明日は開店準備があるから、手伝ってもらえると助かる」

そう返事を寄こした。

「今日、定休日なんですか？」

なんとなく流れで聞いたのだが、返って来たのは予想外の返事だった。

「カフェは週に三日、一日おきにしか営業していない。土日も休みだ」

週に三日と聞いて、それで経営が成り立つのだろうかと疑問になったが、そんなことを聞くのも失礼だし、聞いたところでそこから話をどう続ければいいかも分からないので、奏多はそうですか、と返すしかなかった。

結局することがなくて、部屋に戻り、この後どうしようかと手持ち無沙汰《ぶさた》な気持ちで座っていると、廊下を進んでくる足音が二つ聞こえた。

その足音はまっすぐに奏多の部屋の前まで来て止まった。

「カナちゃん、入っていい？」

窺う声は和鷹のものだ。

「あ、はい」

答えながら、奏多が正座に座り直すとすぐに襖戸が開いて和鷹と、そして小梅が入ってきた。

小梅はシーツを持っていて、

「シーツの交換に来ましたよー」

明るい声で告げる。

「あ…、ありがとうございます……」

そう言われて、奏多は自分が布団を片づけもせずに敷いてもらったままにしているのに気づいて、ばつの悪い気持ちになった。

——だらしないって思われたな、きっと……。

実際、そうなのだが、居心地が悪くなる。

「シーツの交換、していきますね」

だが小梅は気にした様子もなく、シーツを外すと、テキパキと和鷹と二人で新しいシーツを敷いていく。

ものすごく慣れている様子で、いつも二人でやっているのかなと思わせる動きだった。

「じゃあ小梅、これ、下に持っていって」

「はーい」

和鷹に手渡された外したほうのシーツを、小梅はくるくるとまとめて両手で持つと、部屋を出ていった。

「カナちゃん、布団、敷いたまんまでいいよね？　そのほうが疲れたらすぐ横になれるし」

「すみません……だらしなくしてて」

居心地の悪さの原因に触れられて奏多は謝るが、和鷹は首を傾げた。

「え？　全然そんなことないよ？　布団の周りにペットボトルとカップ麺の残骸《ざんがい》が散乱してたらだらしない、になるんだろうと思うけど……そもそもカナちゃん、療養に来てるんだから、いつでも横になれるようにしとかないと」

和鷹は本気でそう思ってくれているらしく、その言葉に甘えてはいけないと思うが、ありがたかった。

正直、前の会社を辞める前の自室は、和鷹が言った「だらしない」部屋の惨状よりも酷かったし、今も、あからさまなゴミだけは処分したが、ちゃんとした生活を送っているとは言い難い状況だ。

――でも、ここでは気をつけないと……。

密《ひそ》かに自戒する奏多に、

「そんで、康平からきた仕事のリストなんだけど、見てもらっていい？」

和鷹は朝食の時に言っていた仕事のリストを取り出した。

リストに挙げられていたのは、現在ＦＪＫで一番人気のあるゲームの新規キャラクター案を中心に、アイテムなどのデザインなど、いろいろあった。

「全部ってわけじゃなくて、気の向いたやつをなんかやってくれたらいいって。あと、何に使うってわけじゃなくても、こんなん描いたーって感じで送ってくれたら、使えるとこがあれば使いたいってさ」

携帯電話をいじり、康平からのメッセージを確認しながら和鷹が言う。

正直、康平のその計らいは破格と言っていいだろう。

本当に仕事ができるかどうか分からないのに、今回は長期出張の扱いで給料が出るのだ。

「……ここまでしてもらえる価値が、僕なんかにあるんでしょうか…」

たまたま大学時代に先輩・後輩の関係だったというだけで、こんな配慮を受けていいものなのかと思う。

お荷物でしかないと分かっているのに、縋ってしまう自分の弱さもつらかった。

俯いてしまった奏多に、和鷹は少し間を置いてから口を開いた。

「んー、価値がどうこうっていうのはよく分かんないんだけど、カナちゃんの絵って、俺、超好きなんだよね。女の子のキャラなんかは透明感があるし、言わずもがなって感じだけど、モンスターのデザインでも、凶悪なのに魅力的っていうか……カナちゃんが前にいた会社がリリースしてたゲームのダンジョンのラスボス、あれ、カナちゃんのデザインでしょ?」

問われて奏多は驚いた。確かに奏多がデザインしたものだが、奏多の個人名がクレジットされたことはなかったからだ。確か、開発企画室、とクレジットされていたのを覚えている。

「そうです、けど……どうして」

人物を描いたものなら個性が出るから、誰が担当したものか分かることは多いが、そのモンスターは人型ではなかった。だから分かる人がいないとは言わないが、かなり少ないと思っていたのだ。

「分かるよー。流線形のフォルムがすごい綺麗で、カナちゃんじゃないかなーって思って康平にどう思うって聞いたら、十中八九そうだって言ってたし」

「そうなんですね……」

「すごい格好よかったよ、あのキャラ。だからクレジットに名前がなくて分かんなくても、カナちゃんの絵のファンって多いと思うんだよね。今は落ち込んじゃってるから、ダメダメな気持ちになってるかもしれないけど、ここで手放して後で復活したカナちゃんに他所の会社で活躍されて、その時にハンカチ噛んでキーー！　って悔しくなるくらいなら、ずっとうちで囲い込みたいっていうのが康平の本音だと思う。あいつ、そういう意味では優しさに後ろ暗さがあるから」

和鷹はそう言って笑う。

「……復活なんて…そもそも、期待してもらえるような力があったのかどうかも分からないです」

奏多にはどうしても、そんなふうに思ってもらえる価値が自分にあるようには思えなかった。

「普通はみんなそうじゃないのかなぁ……。百発百中なんて神様レベルだし」

慰めるでもない口調で言った和鷹に、奏多はややしてから聞いた。

「……元社長としてってていうか、経営者としては、どう思いますか？　僕がっていうか、こういう措置を取りたい社員がいるって聞いたら」

「いいキャラクターを一つでも出してくれたら、そのキャラグッズとか、関連商品とか、そういうので儲《もう》けが見込めるから全然オッケー。カナちゃんはそれが見込めるから、康平だってFJKにいてほしいと思ってるんだろうし、俺もそう思うからね。先行投資として問題ないと思うよー」

奏多の問いに対する返事は、いつもの緩い口調ではあるものの、何の躊躇《ちゅうちょ》もなかった。

「……そうでしょうか…」

それでも自信がなくて俯く奏多に、

「とりあえず今は、ゆっくりして体治すっていうか、充電することを先に考えようよ。仕事はする気になったら、でいいよ」

和鷹はそう言うと立ち上がった。そして、

「家の案内ってほどのことでもないんだけど、どこに何があるかみたいなの説明したいから、一緒に来てくれる?」

と、お伺いを立ててきて、奏多は頷くと一緒に和鷹と部屋を後にした。

案内は玄関から順番に始まった。

一階は台所と風呂やトイレ、洗面所と、そこ以外に四部屋ある。そのうちの奥の二部屋が食事に使っていた続き間になっている居間と仏間で、手前二部屋はここでカフェをしていた時に客席として使われていたらしい。

「この手前の二部屋も続き間なんだけど、襖で仕切って片方をメルが使ってること多いかな」

玄関から廊下を進んで並んでいる二部屋を指しながら和鷹が説明する。

「メルさんだけ、ですか?」

同居人はたくさんいるのに、メルの名前だけが出たのに奏多は首を傾げる。

「みんなそれぞれ好きな場所あるから。小梅は俺と一緒にいることが多いし、他のみんなは居間か蔵にいることが多いね」

「……蔵、ですか？」

「うん。そっちも案内するね。で、こっちが水回りで洗面所とお風呂で……」

説明されるまま進み、食事を取った奥の居間に入ると、そこから庭に出た。すると、すぐ真正面に白漆喰《しろしっくい》の大きな蔵があった。

「大きい……、すごく立派な蔵ですね」

そもそも「蔵」は時代劇くらいでしか見たことがなくて、奏多は茫然《ぼうぜん》と見上げた。

「でしょ？　江戸《えど》時代の終わりくらいに造られて、何回か補修してるけど、ずっと現役。今は蔵の奥がじいちゃんのコレクションしてたお酒の収蔵スペースになってる。一階と二階に住居用のスペースっていうか、畳のスペースもあって、たいていみんなそこにいるかなぁ。伯爵と男爵は台所にいることも多いけどね。……蔵の中、見る？」

そう聞かれたが、他のメンバーがくつろいでいるところに入っていくのはなんとなくためらわれて奏多は頭を横に振った。

「そう？　じゃあ、一応案内はこれで終わりかな。これで生活に不自由することはないと思うんだけど、もし何かあったら、俺に聞いてっていうか、俺も最近わりと留守にすること多くてね」

「お忙しいんですか？」

「地元の青年会っていうのがあって、くじ引きで役員を引いちゃって」

和鷹はそう言って苦笑する。

「やっぱりこの辺って、地域の行事が結構重要視されてるから、なんだかんだでわりと出てかなきゃなんないんだよねー。だから、俺がいない時とか、なんかあったらメルに聞いて。メルはカフェに出てる時以外は母屋にいること多いから、すぐつかまると思うし、実はもうメルにカナちゃんのことお願いって言ってあるから」

事後承諾でごめんね、と謝る和鷹に、奏多は慌てて頭を横に振った。

「いえ、大丈夫です」

「ホント、ごめんねー。あ、そうだ、カナちゃん昨夜お風呂に入れなかったでしょ？　今から入っちゃったら？　さっぱりするよー」

和鷹はそう勧めてきた。

昨日は特に汗をかいたわけでもないのだが、風呂に入っていないことを指摘されると急に気になった。

とはいえ、すでに湯船は湯が抜かれて綺麗に洗いあげられていた。洗濯時に残り湯を使った後、すぐに洗ってしまうらしい。

和鷹は新しくお湯を入れればいいと言ってくれたが、自分が入るためだけにと思うともったいなくて、シャワーですませることにした。

しっかり髪まで洗い終え、洗面所で体を拭いていると突然、廊下に面した引き戸が開いた。

え？　と思って顔を向けると、そこにはメルがいて、互いに一瞬固まった後、

「すみません！」

メルが謝ってきて、そのまま急いでドアを閉めた。

恐らく、こんな時間に誰かがシャワーを浴びることなどないのだろう。それなのにイレギュラーで奏多がいて――体を拭いている最中だったので、正直全裸だ――驚いたに違いない。

奏多は慌てて、洗い替えに持って来ていた服を着て、廊下に出た。

そこにはメルがいて、出てきた奏多に頭を下げた。

「ノックもせずに、すみませんでした。洗濯が終わってるはずなので、洗濯物を取りに来て……まさかいらっしゃると思わなくて、うっかり開けてしまいました」

「いえ、あの…こちらこそ、すみません。変な時間にシャワーを使ってたのは僕ですし」

謝るメルに奏多が謝り返し、二人で謝罪をしていると、

「メルに奏多さん、どうしたんスか、こんなところで立ち話なんて」

うっすらと汗をかいたチャーリーが通りかかった。

「あの、僕が変な時間にシャワーを浴びてて、それでちょっと」

「私が着替えていらっしゃる最中に、気づかずにドアを開けてしまったんです」

奏多の言葉を継いでメルが説明する。

だが、それを聞いてもチャーリーは特に何か思うところはない様子で、

「あー、だから奏多さん、髪濡《ぬ》れてるんですね。ちゃんと乾かさないと風邪ひくっスよ。体調よくないんですから」

そう言った後、

「湯船、お湯あるんスか？　それともシャワーだけ？」

と聞いてきた。

「あ…シャワーだけです」

答えた奏多に、チャーリーは、

「あー、そうなんスね。じゃあ俺もシャワーだけにしとこ。畑で収穫終わった野菜の処理してたら汗かいちゃって」

と、さっさと洗面所に入っていき、引き戸を閉めた。

「……たいてい、夜のうちに入浴はすませますが、気まぐれで朝風呂を楽しんだりする人もいますし、みなさん、わりと自由にされているので、奏多さんが気にされることはないんですよ。不用意に開けた私が悪いんです。本当にすみませんでした」

再びメルが謝って来て、奏多は頭を横に振る。

「いえ、その…気にしてませんから、本当に」

そう返した奏多にメルは優しく微笑むと、

「本当に風邪をひいてしまいますから、お部屋に戻られて暖かくしていてください。……それから、お持ちの洗濯物はお預かりしますね。チャーリーも着替えるでしょうから一緒に洗います」

奏多が手にしていた服を指差した。

いいです、と言いかけた奏多だが、なんとなく断れなくて、着替えた服をメルに差し出した。

「すみません……お願い、します」

「確かにお預かりします」

服を受け取ったメルは、「チャーリーさん、まだ脱衣所ですか」と声をかけて所在を確認する。

「今脱ぎ終わったとこだけど、男同士なんだから気にしないで入って来ていいっスよー」

中から返ってきた言葉に、メルは、おおらかって言えばいいんですかね？　と笑って、中に入っていった。

廊下に一人になった奏多は突っ立っていても仕方がないので、二階の部屋へと向かった。

部屋に戻っても、特に何かをする気にはなれず、奏多はちゃぶ台の前に座ってぼんやりとしていた。

少しすると軽やかに廊下を進んでくる足音が聞こえ、

「奏多さん、入っていいですか？」

小梅の声がした。

「はい、どうぞ」

奏多が返事をすると、すぐに襖戸が開いて小梅が入ってきた。

「好き嫌いのしじょーちょーさ、です。あと、メルからどらいやー預かってきました」

はい、と小梅はドライヤーをちゃぶ台の上に置く。

「ありがとう。でも、もう大体乾いちゃったかな……」

「大体じゃなくて、ちゃんと乾かしたほうがいいですよ。風邪ひいちゃいますから。僕もよく紫に怒られます。まだ根元が濡れてる！　って」

「紫さんって、あの綺麗《きれい》な人ですね。怒るんですか？」

意外で問うと、小梅は頷く。

「紫は、モンぺなんです。おっかない保護者というやつです」

「保護者…？　紫さんと小梅ちゃんは…兄弟、なんですか？」

親子と言うには無理があるので、一番近いのならそれかと思って聞いてみる。

「そうじゃないんですけど、紫はいろいろ僕のことを心配してくれるんです。ショウからはよく心配性だって言われてますけど、心配性が発動するのは僕にだけだって言ってます」

小梅はそう言った後、小声で「あと、和鷹さんは、よく怒られてます」と続けて、いたずらな笑みを浮かべた。

「奏多さん、先に髪を乾かしましょう。しじょーちょーさは後でも大丈夫ですから！」

小梅はドライヤーのコードをコンセントにつなぎ、奏多に差し出す。そこまでされると乾かさなくてはいけなくなって、じゃあちょっと待ってて、と告げて奏多は髪を乾かした。

髪を乾かし終えると、小梅は奏多の食べ物の好き嫌いについて聞いてきた。

「好きなものと、嫌いなものと、それからあれるぎー？　が出ちゃう食べ物を教えてください」

「アレルギーはないから、大丈夫。嫌いなものも……特にはないかな。大体何でも食べられると思う。好きなものは……なんだろう…」

改めて聞かれると、すぐに答えは見つけられなかった。

「好きだった」ものなら思い出せる。子供の頃は毎日でもハンバーグが食べたかったけれど、今は違う。

そもそも今は食べ物を見て「好きかどうか」なんて考えなくなっていた。

コンビニで目についたものをこれでいいや、と買って食べるだけで、味すらまともに覚えていない。

「あれ…好きなもの……好きなもの…か」

小梅がじっと答えを待っているので、奏多は焦る。けれど、何も浮かんでこなかった。

「お菓子は嫌いですか？」

「ううん、時々食べるよ」

「僕は、和鷹さんの作るホットケーキが大好きなんです。ふわっふわでおいしいんですよ」

小梅が嬉しげに語る。

「藤木先輩、ホットケーキとか作るんですね」

「はい！　今度、作ってもらって一緒に食べましょう！　あと、カフェで伯爵が作ってるお菓子もおいしいのたくさんあるんです。いろいろ食べたら、きっと好きなもの見つかりますよ」

小梅が笑顔で言ってくる。

それは奏多にとって意外な言葉だった。

――好きなものが見つかる…か……。

今は本当に何も浮かばなくて、見つかる気がしない。

けれど、小梅の笑顔を見ていると、さっきまで奏多の胸の中を埋めようとしていた焦燥感が霧散《むさん》していった。

「じゃあ、奏多さんのしじょーちょーさの結果は、好き嫌いなし、アレルギーなしって言っておきますね」

小梅の言葉に奏多は頷いてから、こういう場合には「アンケート」「聞き取り調査」といった言葉を使うから、今、小梅の中では「市場調査」という言葉がマイブームなのかな、と思う。

――小梅ちゃんって何歳くらいなんだろ……。

見た目は十六、七、それくらいだろうか？　言動が幼いからか、それよりももう少し年下にも思えるが、中学生というわけではないだろう。

「……小梅ちゃんは、今、何歳？」

思い切って聞いてみると、小梅は、

「二十歳です」

即答してきて、それに奏多は驚いた。

「え、二十歳《はたち》……」

「はい」

「随分、若く見えるから……高校生くらいかと思ってた…」

そう言ってから、小梅が気を悪くしたかなと思ったが、

「みんなに言われます。多分、背がちっちゃいからです」

と、分析をして返してくる。

そういうところも可愛いなと純粋に思った。

「奏多さんは、昔の和鷹さんのことを知ってるんですよね？　どんな感じでしたか？」

目的の調査が終わったからか、小梅は急に話を変えて聞いてきた。

「ものすごくよく知ってるってわけじゃないよ。一年だけ、大学で一緒だっただけだから……。でも、その時も今も、全然変わってないと思う。おおらかで…すごい人なのに、一緒にいるとほっとするような人だったよ。だから、藤木先輩の周りにはいつも人が集まってた」

「そうなんですね。あ、今も和鷹さんが外に出ると人が集まってくるんですよ」

近所のおばあちゃんやおじいちゃんにモテモテです、と情報を補完してくる。その様子が目に浮かぶようで、奏多は和鷹らしい、と思った。

小梅はそれからしばらくの間、この家のご近所のこと――どこの家の畑では何を栽培しているか、や、もうすぐ収穫間近な野菜のこと――などを一通り話した後、奏多の部屋を後にした。

だが、部屋を出ていく時に、不意に振り返り、

「また、遊びに来てもいいですか？」

と聞いてきた。

「うん。いつでも」

奏多が返すと、小梅は嬉しそうに笑って、

「じゃあ、また来ますね！」

そう言って、襖戸を閉めた。

足音が遠ざかり、やがて聞こえなくなる。

部屋の中は音を立てるものが何もなく、空虚な静けさに包まれた。

その代わりに、階下からは庭を誰かが歩く足音などの生活音や、誰かが口ずさんでいる鼻歌などが聞こえてくる。

窓の外を見ると、葉が半分ほど落ちた木の枝で鳥が羽を休めていて、何かをさえずっていた。

そんないろいろな音と優しい空気感に、部屋の空気がまた変わり、奏多は安堵する。

けれど、それと同時に、これまでの日常から切り離されたような喪失感も覚えた。

4

その日、奏多は大半の時間を部屋の中で過ごした。

何かをしていたわけではない。

振られてきた仕事なども気になったのだが、何をする気にもなれなくて、布団に横になったり、携帯電話で特に見たいわけでもない動画をつらつらと見たり、ただ時間が過ぎるのを待っていただけのようなものだ。

そして夕方、横たわった布団の上で少しうとうととしていた奏多は、部屋の前からかけられた声で目を覚ました。

「奏多さん、開けていいですか?」

聞こえてきたのはメルの声だった。

「あ、はい」

慌てて起き上がりながら返事をすると、襖戸を開けてメルが入ってきた。

「洗濯物をお持ちしました」

メルが持っていたのは、確かに朝、シャワーを浴びた後にメルに言われて渡した服だった。

「すみません、わざわざ持って来てもらって」

恐縮する奏多に、

「和鷹さんの分もありましたから、ついでです」

微笑みながらメルは膝をつき、ちゃぶ台の端にそっと洗濯物を置いた。

「……少し、落ち着かれましたか？」

具体的にではなく、漠然とした問い方だったが、恐らくはわざとだろう。体的にも、気持ち的にもという意味だと察した。

「はい…、おかげさまで」

頷きながら返した奏多は昨日のことを思い出し、改めて謝った。

「昨日は、本当にすみませんでした……。その、食事の途中で」

昨夜の嘔吐の件だと分かったのだろう。メルは頭を横に振った。

「体調が悪いと伺っていたのに、配慮ができていなくて申し訳がなかったと、昨日の夕食を担当した伯爵と男爵が言っていました」

「そんな…あれは、僕がちゃんと自分の食べる量とかを見極められなかっただけで……」

昼食も、朝食に引き続きお粥が出された。溶き卵を入れた玉子粥で、添えられた三つ葉の香りがとてもよかった。

おやつの時間にも呼ばれて階下に下りたが、奏多に出されたのはカフェインの少ないほうじ茶だった。お菓子は一口大に切り分けられたバームクーヘンだったが、大皿に盛られていてそこから好きなように食べるようになっていた。

一人ずつに分けると、また奏多が無理をして食べるかもしれないと配慮してくれたのだろう。

実際、奏多は食べる気にはなれなくて、お茶だけを飲んでいた。

「……ここは、いい人たちばかりですね」

奏多の言葉にメルは頷いた。

「ここのメンバーでは、私が一番の新参者なんです。でも、みんな本当によくしてくれます」

「そう、だったんですか。……メルさんは、いつからここに？」

「二週間ほど前からです」

それは思った以上に最近で、奏多は驚く。

「意外に、歴が浅いでしょう？　みなさん、私が馴染めるようにしてくださっているので、そう見えないかと思いますが」

「……はい。三ヶ月とか、半年とか、それくらいかなって」

奏多の返事にメルは優しく微笑んだ。

「最初は本当に分からないことばかりで、失敗なんかも多かったんですけれど、その都度いろいろ教えてもらって……。今は、カフェのお手伝いもさせてもらってます。接客と、厨房《ちゅうぼう》のことも少しだけ」

「お料理もされるんですね」

「伯爵たちのようには無理ですよ。本当に、簡単なものだけで」

苦笑めいた表情を浮かべ、メルは謙遜《けんそん》する。

だが、根拠はないが、メルはいろいろなことができるんだろうなと思った。

「同居人の方は、みんなカフェで働いてらっしゃるんですか？」

「そうですね。厨房は伯爵、男爵、殿の三人が日替わりでメインシェフをしています。チャーリーと私は厨房の手伝いと接客もしますが、紫さんと小梅ちゃんは接客メインです」

挙がった名前を聞いて、指を折りながら、奏多は首を傾げた。

「あれ…一人足りないような……。あ、ショウさんだ」

「ショウさんも接客をお手伝いしてくださる時はありますが、基本的にはカフェの中のことにはあまり、ですね。オープン前の下ごしらえのお手伝いや、あとはカフェで使う野菜を畑で作っているんですが、そちらの管理をしてくださってます」

「畑…、今朝、チャーリーさんが確か……」

畑で作業をしていて、汗をかいたと話していたのを思い出した。

「ええ。うちの畑だけではなくて、隣の家の畑も手伝っていたみたいですけれどね。このあたりはご高齢の方が多いので、力仕事なんかを手伝うかわりに、野菜の育て方を教えてもらったりしているんですよ」

話しているうちに、メルの表情や口調の柔らかさに、奏多はどんどん気持ちが落ち着いていくのを感じた。

そのまま、カフェのメニューの話や、来る客層のことなど、取り留めのないことを聞いているうちに階下から、食事ができたと告げる声が聞こえてきた。

「行きましょうか」

立ち上がりながら促すメルに頷いて、奏多も立ち上がる。

「気をつけてくださいね、手すりもありませんし、急ですから」

一緒に部屋を出て階段まで来ると、先に下りかけたメルが奏多を振り返り、手を差し出した。

大丈夫ですよ、と差し出された手を断るのは簡単なはずなのに、なぜかできなくて、奏多はその手を掴み、エスコートされながら階段を下りる。

――優しくて、なんか、王子様みたいな人だな……。

ぼんやりと奏多はそんなことを思った。

◇◆◇

穏やかな日が差し込む縁側に腰を下ろした奏多は、何をするというわけでもなく、ぼんやりと座って庭を眺めていた。

ここに来て五日。

最初の二日はほぼ部屋で過ごした奏多だが、三日目に日中はできるだけ部屋にこもらないで、外に出ておいで、と和鷹に言われて、奏多は居間に下りていくようにした。

居間には和鷹がいて、パソコンに向かっている。

カフェが休みだった昨日は、小梅が一緒にいて、あれこれと奏多に気を使って話しかけたりしてくれたが、今日はカフェで仕事中だ。

しばらくすると、和鷹が縁側にやってきた。

「カナちゃん、何してんの？」

「……ぼーっとしてました。藤木先輩は、もう仕事いいんですか？　まだ、三時になってないですけど」

奏多の問いに、和鷹は隣に腰を下ろしながら答える。

「うん。最近はデイトレも前みたいにゴリゴリやってないから。目的なくお金だけ貯《た》めてもなんか違うかなーって感じで」

「藤木先輩は、あんまり欲がない人でしたしね」

奏多の言葉に和鷹は首を傾げた。

「そうでもないよ？　強欲じゃないとは思うけど、人並みにはねー」

和鷹はそう言った後、

「ここでの生活には慣れた感じ？　生活っていうか、何もないってことに慣れた？　って聞いたほうが早いかもだけど」

不意に聞いてきた。

「そう、ですね……。最初は、静かすぎて落ち着かないっていうか……」

苦笑しながら奏多は答える。

来た日と、その翌日の昼過ぎくらいまでは携帯電話にしょっちゅう着信があった。同僚たちからの様子伺いのもので、それらに「無事到着しました。大丈夫です」というような内容を返信した後は激減して、今はせいぜい一、二件の着信がある程度だ。

「向こうにいた頃は、あっという間に時間が過ぎて、その中で溺《おぼ》れてるみたいな感じで……必死で水面に顔を出して息を吸ってるみたいな……。でも、ここに来たら全然違ってて、世間から切り離されたみたいな気持ちになってたんですけど……みんなの生活を見てると、今までの生活がなんて慌ただしかったんだろうって……」

独白にも近い奏多の言葉に、和鷹は笑った。

「週の半分以下しか働いてないから、うちの人たち。そういう意味ではうちのほうがおかしいんだけどねー」

「でも、健康的な生活みたいで羨ましいっていうか……」

これまでの生活を否定するわけではない。昼夜逆転だったり、一日の切れ目がどこにあるか分からないような生活が続くことも多かったが、それなりの充実感や達成感もあった。

——もし、最初からＦＪＫに就職してたら、こんなことにならなかったのかな……。

体も心も疲弊しきって、壊れる寸前になって。

「うちにいると、嫌でも健康になると思うよ。実際、カナちゃんも初日より顔色よくなってるし、お粥じゃなくて普通のご飯で大丈夫になったしね」

笑って言った和鷹は、思い出したように、

「カナちゃん、カフェにまだ行ったことないよね？　お茶しに行こ」

と、誘ってきた。

することもないし、断る理由もなくて、奏多は誘われるままカフェに向かった。

カフェは庭と畑を挟んで隣の古民家だ。

庭から畑を突っ切って行くことも可能というか、そのほうが近道なので、出勤する時はみんなそのルートを使うらしい。だが、

「客として来る時は正面から来いって、男爵に前に怒られてさー。一応俺、店長なんだけどなぁ……名前だけだけど」

と、ボヤく和鷹と一緒に、家の前の道路に出てちゃんとカフェの正面入り口から入った。

玄関の引き戸を開けると、入ってすぐの一番目につく場所にセンスよく花が飾られていて、それが目を引いた。

「いらっしゃいませ…、あ、和鷹さんと奏多さん！」

玄関の引き戸が開いた音を聞きつけて、すぐに奥から出てきた小梅が嬉しそうに迎える。

「お茶飲みに来たんだけど、席、空いてる？」

「テラス席が空いてます。案内しますね」

靴を脱いで上がり、家の中を進む。古い部分と新しい部分がうまく融合した室内のテーブル席は満席だった。

客層は女性が多いが、年齢層は幅広い。

地元客と、遠方からわざわざ来たと思しき客が半々といった感じだ。

家の奥の縁側から、用意されているサンダルを履いて外に出ると、素朴ながら綺麗に整えられた庭を臨むようにテラス席が設けられていた。

「今日はなんかスイーツ残ってる？」

案内された席に腰を下ろしながら、和鷹が問う。

「残念ながら、今日はもう全部出ちゃいました。あともう少し早かったら、プリンが残ってたんですけど」

「ほんと残念。でもこの時間だし、まあ仕方ないか……」

和鷹は時計を確認した後、

「三時のおやつに、と思って三時に来たら、絶対にスイーツは残ってないから、この店」

笑って言う。

「人気があるんですね」

「おかげさまでねー。じゃあ、俺、コーヒー。カナちゃんはどうする？」

言われて、奏多は開かれたメニューを見るが、どれを選べばいいのか分からなかった。

和鷹と同じコーヒーを選べば話は早いのだろうが、なんとなく気分ではなかったし、家でもみんな奏多の体調を気遣って飲み物はカフェインの少ないものや、入っていないものを選んで出してくれているので、ここでコーヒーを選ぶのはダメな気がした。

「どれにしようかな……」

早く決めないと、と焦る奏多に、

「僕はほうじ茶ラテが好きです。甘さも選べるんですよ」

小梅が自分の好みを伝えてくる。

「じゃあ、それにします。甘さは、ちょっと控え目で」

奏多が小梅の意見に便乗すると、

「カナちゃん、小梅に遠慮しないで自分の好きなの選んでいいんだよ？」

和鷹が苦笑して言う。それに小梅は頬を膨らませた。

「僕が押し売りしたみたいに言わないでください」

「ほうじ茶だったら、胃にもよさそうだし……ミルクが入ってるなら余計に」

選んだ理由を告げると、和鷹は納得したような表情を見せた。

「じゃあ、小梅、コーヒー一つと、甘さ控えめのほうじ茶ラテを一つ」

改めて注文した和鷹に小梅ははーい、と返事をして中に戻っていく。

少しすると、家の中からメルが出てきた。他のテーブルに運ぶ飲み物をトレイに載せていたが、奏多と和鷹の姿を見つけると、一瞬驚いたような顔をした後、微笑んで会釈を寄こした。

それに奏多も会釈を返す。

白いシャツにギャルソンエプロンという姿が制服のようになっているのか、小梅も同じような格好をしていたが、やはり雰囲気が違う。

小梅の場合は可愛くて——基本何をしていても魅力的な可愛らしい子だと思う——メルは立ち姿

がスマートでサマになっていた。

飲み物を運んで行った先の客は三人連れの若い女性だったが、メルが来ると飲み物がきたからだけではない華やいだ表情を見せた。

「イケメン登場！　ってなったら、そりゃあんな顔にもなるよねー」

ぼそっと小声で和鷹が呟く。

和鷹もメルを見ていたらしいのだが、自分の胸の内を見透かされたのかと奏多はドキッとした。

「……そうですね。ゲームならここでハプニングが起こって、好感度を上げる分岐選択ですね」

「あるある。お茶を零《こぼ》されて、それにどんな反応するか、とかねー。怒る、キレる、殴る、さあどれ、みたいな」

「藤木先輩、それ、どれを選んでもバッドエンドにしかならなさそうです」

冷静に奏多が突っ込むと、和鷹は「よかった、ちゃんと突っ込んでくれて」と笑った。

そこに小梅が注文した飲み物を持ってやってきたが、コーヒーとほうじ茶ラテをテーブルに置くのを見届けたように、他のテーブルの客が小梅を呼んだ。

どうやら常連客のようで、小梅に携帯電話で何かを見せていて、小梅も楽しげに話す。

「ご近所さんなんだ。うちに野菜を安く入れてくれてて、そういうご近所さんにはランチのタダ券を月に二枚配布してる。入れてもらった野菜がどんなふうに調理されてるのか見てほしいっていうのもあるし、本当によくしてもらってるから」

「藤木先輩らしいですね、そういうの……」

奏多の言葉に和鷹は、

「でも、結局みんな、タダ券なくても友達とか親戚とか連れてきてくれるから、結果的に売り上げに貢献してもらうことになっちゃってて、申し訳ない気持ちにもなるんだけどねー」

困ったように笑う。

単純に売り上げが上がってラッキーだと思わないところも、本当に和鷹らしいと思った。

その時、家の中に戻っていたメルが出てきて、テーブルに近づくと、

「内緒です」

そう言ってトレイの上に載せていた皿を置いた。

「あ、芋ようかんのバター焼き。俺、これ超大好きなんだよね」

皿の上のものを見て、即座に和鷹が言った。

「せっかく初めて奏多さんがカフェに来てくれたのに、何も出せないのは申し訳がないからと伯爵が。カフェのメニューではないんですけれど、中でみんなが食べるおやつです」

説明するメルの声も表情も穏やかで、奏多はなぜかホッとするような気持ちになる。

「すごいおいしいんだよ。食べてみて。四切れあるから、二つずつね」

和鷹が奏多に勧めながら先に自分の一切れを口に運ぶ。

「んー、バターの風味と芋ようかんがすっごい合う」

舌鼓を打つ和鷹にメルは少し微笑むと、奏多に軽く会釈をして、空いたテーブルを片づけに向かった。

流れるような所作でトレイに空になったカップや皿を載せ、それを持って歩き始めたところを他のテーブルの客に呼びとめられていた。

常連客なのか、注文ではなく、ただ話している様子だ。

「メル、いい奴でしょ？」

和鷹に声をかけられ、奏多は知らない間にメルの姿を目で追っていたことに気づいた。

「……はい」

みんな奏多のことを気遣ってくれているが、一番奏多のことを見てくれているのはメルだ。もちろん、和鷹に奏多の世話を頼まれているからだとは思うが、それでもメルが何かにつけ声をかけたりしてくれるのは嬉しかった。

「メルさんには、本当にいろいろお世話になってばっかりです」

奏多の言葉に、和鷹は納得するような顔で頷いた。

「メルはホント、よくできた子なんだよねー。もともと、そういう性格だと思うんだけど、たまに無理してなきゃいいなーとも思ってる」

どこか心配そうに和鷹は言った。だが、奏多の視線の先にいるメルはいつものように穏やかに微笑んでいて、それはとても自然で無理をしているようには見えなかった。

――あんなふうに自然に笑えるの、いいな……。

今の自分には、多分できないだろう。

いつ頃からか人の顔色を見て、その時にどんな表情をするかを考えるようになった。

そうするのが、一番周囲との摩擦を防げたからだ。

「あ、芋ようかん！」

そのままつらい過去につながる思い出を辿《たど》りそうになった奏多の思考を断ち切ったのは、接客を終えてテーブルに近づいてきた小梅の声だった。

「小梅、あーん」

和鷹は残っていた自分のもう一切れをつまようじで刺し、小梅へと差し出す。小梅は素直にそれを口に運んで、

「おいしー」

と、ニコニコ笑顔になる。

「小梅、和鷹さんは、今、一応お客様だ。すぐにおねだりをするな」

通りがかった男爵が見咎《みとが》めるが、当の和鷹は、

「小梅を見ると、つい何かあげたくなるんだよなー」

と、笑うだけだ。

「まったく、小梅に甘すぎる」

男爵が苦い顔でぼやくが、

「小梅が可愛いんだから、仕方がないじゃないですか」

テラス席に運ぶ飲み物を手にした紫が、通りすがりにさらりと言う。

その様子に、みんな仲がいいんだな、と奏多は改めて思った。

◇◆◇

――このクズ！――

――何回言えば分かるんだよ！――

――いっちょ前に傷ついた顔すんな！――

何かから逃げるように目を開けると、そこは真っ暗な部屋の中だった。

わずかに豆電球の光が室内を照らしているが、時計の針を確認できるほどではなかった。

奏多は枕元に置いた携帯電話を取り、軽く画面に触れる。ディスプレイに表示された時刻は一時を回っていた。

「……まだ、こんな時間なんだ…」

最近は眠る時間が早い。夕食の後、お風呂に入り、部屋に戻ってくると九時前だ。それから寝支度をすると、もうすることがなくて――というか何をする気も起きなくて、結局電気を消して布団に入ると、いつのまにか寝ているという感じだ。

「……水、飲みにいこ…」

ものすごく喉が渇いているというわけではなかったが、すぐに寝つける気もしなかったので、奏多は布団から出て階下の台所に向かった。

台所にはウォーターサーバーがある。もともとはここがカフェだった時に設置したらしいのだが、カフェが隣に移ってからも便利だからという理由で一つだけはこっちに置いたままにしてあるらしい。

その水をもらうことにして、食器棚からコップを取り出した時、台所に近づいてくる足音が聞こえた。そして、姿を見せたのは、こんな時間に、スウェットを着たメルだった。

「奏多さんでしたか。どうかしましたか？」

「あ……、目が覚めてしまって…お水をもらいに」

奏多が答えると、

「居間で待っていらしてください。持って行きますから」

メルはそう言って手早く食器棚からコップを取った。

奏多が言われるまま、居間に移動して座卓の前に座ると、すぐにメルがやってきて、奏多の前に水の入ったコップを置いた。

「どうぞ」

「ありがとうございます」

礼を言い、一口飲んでから、

「もしかして、メルさんを起こしてしまいましたか？」

不安になって奏多は聞いた。

階段を下りて台所まで来る途中に、メルが使っている部屋がある。そんなに足音を立てたつもりはないが、夜は思う以上に音が響くので、メルの睡眠を妨げてしまったのかもしれないと思ったのだ。

「いえ、起きていたんですよ。本を読んでいたんです」

その返事に奏多は少しほっとする。

「本……、メルさんはどんな本を読むんですか？」

「和鷹さんのおじい様の蔵書をお借りしているので、時代小説が多いですね。あとは推理小説でしょうか……特にこれ、というのはなくて、あるものを順番に、という感じです」

メルが答えると、そこで会話が途切れてしまって、奏多は何か話さなくてはと思ったのだが、奏多が口を開くより先に、メルが聞いた。

「怖い夢でも見ましたか？」

その言葉に奏多は戸惑った。

多分そうだったんだろうと思う。起きてすぐは覚えていたのだが、起きてここまで来る途中にもう忘れてしまった。

けれど、嫌な夢だったことは確かだ。

でも、そんなことを言っても仕方がない気もして、曖昧《あいまい》に流してしまおうとしていると、

「時々、うなされていらっしゃいますから」

メルが、どうしてそう思うのかという理由づけのように言葉を添えた。

「うなされて……。下にいるメルさんに聞こえるくらい、ですか？」

「いえ、昼間に居間でうたた寝をされたりしている時です。お起こしするかどうか迷うこともありますが、迷ううちに止まってしまいます」

「……そう、ですか」

和鷹に日中は階下に下りてくるように言われてから、確かに急に疲れを感じて昼寝をすることがある。

その時にうなされているのなら、一緒に居間にいることの多い和鷹も知っているだろう。

そのまま黙っていると、不意にメルが立ち上がった。

そして、今は襖で区切られた仏間に入ると、仏壇の引き出しから蠟燭《ろうそく》を取り出し、それに火を灯して戻ってきた。

何をするのかと思っていると、茶簞笥《ちゃだんす》の上に置いてあったランタンを手に取った。

ずっとそこに置いてあって、物珍しげに見ていた奏多に『夏に、殿が風流だと思わないか、って買ってきたんです。なので、夏はこれを持って肝試しをしたりしたんですよ』と小梅が話していたのを思い出した。

肝試しのために買ってきたんじゃない、と殿は怒ったようだが、肝試しに参加した小梅も和鷹もチャーリーも笑って肝試しの思い出を語ってくれたので、まったく気にしていない様子だった。

そのランタンに、メルは持ってきた蠟燭をセットした。

「少し、外に出ませんか？」

「え……？」

戸惑っていると居間の電気が消され、ランタンの灯りだけになった。

メルは、寒いですから、と座布団と一緒に積み上げてあるブランケットを奏多にかけると、縁側から庭に出た。

ランタンを手にしたメルが、居間で戸惑っている奏多に微笑みかけてきて、奏多はのろのろと立ち上がりメルと同じように縁側から庭に出た。

「暗いので、足元に気をつけて」

密やかな声で言ったメルの手が、奏多の手を握る。

ランタンの灯りと、先をいくメルが引いてくれる手を頼りに庭を進むと、畑のある方の庭に出た。

「もうすぐ新月なので、月あかりも少なくて星が凄いですよ」

そう言われ、見上げた空には、見事なほどの星が瞬いていた。

それは言葉も失うほどの星空だった。

「……空に星があるのなんて、普通のことなのに…忘れてた」

真昼の空の青さも、夜空の星の輝きも、もうまともに見ることなんてずっとなかった。

ビルの隙間《すきま》に切り取られたようにある空。

それが日常だった。

いや、そこに空があるという認識すら、なかったかもしれない。

「多分、それだけ疲れてたんですよ」

静かなメルの声が、奏多の耳から入り、そっと胸の中に落ちる。
そのまま、しばらくの間、奏多はただ静かにメルと一緒に空を見上げていた。

5

心理的な変化があったのか、その夜を境に、奏多は不思議なくらいぐっすりと眠れるようになった。

これまでもちゃんと寝ていると自分では思っていたのだが――実際、夜の十時過ぎに寝て、朝は六時前に自然と目が覚める形で睡眠時間としてはたっぷりだったのだ。

それなのに昼間に急に倦怠感《けんたいかん》が訪れて、昼寝をしたくなるのが常だった。

それが不思議で仕方がなかったのだが、

「体が回復する時って、眠りを欲するらしいよ」

と、和鷹が話していたので、そんなものかと思っていた。しかし、昼寝の時にうなされていたのなら、夜も気づいていなかっただけで多分うなされていたのだろう。

それで睡眠の質が悪かったのかもしれない。

考えてみれば、以前は寝がえりを打つたびに目を覚ましていたような気もするが、今は眠ったら朝まで起きることがない。

たっぷりと眠れるようになったことで、気持ちも前向きになったのか、奏多は久しぶりに絵を描いてみようかという気になった。

スケッチブックを手に階下に下りると、いつもは居間の座卓でパソコンに向かっている和鷹の姿が今日はなかった。

――そういえば、青年会の役員になって会合とかあるって言ってたっけ……。

記憶の片隅からそんな情報を引きずり出す。

今日はカフェが休みの日なので、みんな家にいるはずなのだが、台所で伯爵と男爵がカフェの新商品の試作をしている以外は、他の住人の姿は母屋にはなかった。

それが不思議な気もしたが、休みの日なのだからそれぞれしたいこともあるだろうと気にしないことにして、奏多は縁側に座り、庭木のスケッチを始めた。

描き始めて一時間ほどした頃、蔵の扉の開く音が聞こえ、中から小梅とショウが出てきた。小梅は縁側にいる奏多を見つけると一直線に駆け寄ってきた。

「奏多さん、お絵描きですか？」

持っているスケッチブックを指差し、問う。

「うん…、久しぶりに描いてみようかなと思って……」

奏多はそう言って、描きかけのページを小梅に見せた。それを見た小梅は目を見開いた後、

「わぁぁぁ！　すっごい上手ですね！」

と声を上げると、ゆっくりと歩み寄ってきていたショウを振り返り、

「ショウ、見てください！　すごいですよ！」

目を輝かせて絶賛する。そしてスケッチブックを見たショウも、

「本当だ、すごいな。鉛筆だけで描いてあるのに、その濃淡で色が見えるようだ」

と、過分に思えるような褒め言葉を口にする。

「そんな、褒めすぎです」

奏多が謙遜すると、

「そんなことないです！　本当にすごいですよ」

小梅が目をキラキラさせて返してくる。その小梅の声を聞きつけて、庭に置いたハンモックに寝転んでのんびり雑誌を見ていたチャーリーが近づいてきた。

「何がすごいんスか？」

「奏多さんの絵です。ほら、すごいでしょう？」

小梅がまるで自分のことのように自慢する。

「わ…ホントだ、すごいっスね。奏多さん、マジすごい」

チャーリーが尊敬の眼差《まなざ》しを向けてくる。

それが照れくさくてどうしようもない奏多のもとに、やはり声を聞きつけて台所にいた伯爵と男爵がやってきた。

そして、やはり小梅によって絵を自慢されて、奏多を絶賛する。

それが本当に気恥ずかしかったのだが、その恥ずかしさをどうしていいか分からなくて何を見るでもなく庭を見ていると、そこを一匹の三毛猫が、人がいても特に気にする様子もなくゆったりと横切っていった。

「あ、田村《たむら》のおばあちゃんのところのミケだ」

チャーリーが通り過ぎる猫の名前を呼ぶ。ミケはそれに一度足を止め、こちらを見たが、特に興味もない様子でまた歩きだし、やがて垣根の下の隙間から外に出ていった。

それを見送って間もなく、

「猫は描けますか？」

小梅がスケッチブックを奏多に返しながら聞いた。

「多分……」

奏多はそう返事をして、簡単にリアル系とデフォルメ系の猫を描いた。

それを見せると、みんなから感嘆の声が上がった。

「すごいです！　簡単そうに、こんなにすごいの描いちゃうなんて！」

「本当だな」

「やっぱ、プロってすごいんスねぇ……」

やはり過剰に褒められすぎて、奏多は居心地が悪くなった。

「本当に大したことないです。これくらいなら、描ける人はたくさんいますから」

「いいえ、すごいです。だって、ミケにそっくりじゃないですか。奏多さん、ちょっとしかミケを見てないのに！　僕、ずっとミケを見てますけど、こんなふうに描けません」

小梅が言うと、伯爵も思案顔をした。

「そういえばそうだね。俺も、ミケが来たら『ミケだ』とは思うけど、体のどのあたりが茶色かって言われたら自信ないね」

「記憶というのは、意外とあやふやなものだからな」

伯爵の言葉に、男爵が返し、そこからなぜかお絵描き大会が始まった。

「じゃあ、最初は犬ですよ」

全員が裏の白い広告を前に座卓につき、奏多の出したお題の犬を描き始める。

が、出来上がった絵は、正直酷かった。

「ショウ、犬の口ってそんなんじゃありませんよ」

小梅の指摘でショウの紙を見ると、四角く開いた口にギザギザの歯を光らせた犬らしきものが描かれていた。

「いや、こんなもんだろう。そう言うおまえの犬も大概だぞ」

小梅の描いた犬を見てショウが反論する。

小梅の犬には、なぜか眉毛《まゆげ》があった。

「ちょ…なんなんスか、その眉毛！　犬って眉毛ないっスよ」

チャーリーが突っ込むと、小梅は頰を膨らませた。

「犬にも猫にも眉毛はあります！　ね、奏多さん、ありますよね？」

助け船を求められて、奏多は困ったが、

「ヒゲと同じようなのの短いのは、確かにあるけど……ちょっと立派に描きすぎちゃったのかな」

と、フォローするのが限界だ。

「ほら、あるじゃないですか！　人の犬に文句を言うならチャーリーはどうなんですか？」

小梅が言うと、チャーリーはややドヤ顔で、これっスよ、と見せてきたが、

「ちょっと、それ酷すぎない？　怪獣じゃないんだから」

「その犬、殴られでもしたのか？　青あざをつくって」

「犬じゃなくて牛だろう、その模様は」

伯爵と男爵、ショウが突っ込んだ。チャーリーが描いた犬は、胴体に対して足が細すぎてアンバランスなのだが、ブチ模様のある犬と仮定すれば、ポインターやダルメシアンといった系統の犬かと思われた。

「何言ってんですか！　百一匹集める話の犬ですよ！」

チャーリーが叫び、ああやっぱりダルメシアンか、と奏多は胸の内で納得する。

いや、納得できる絵の出来栄えではないが。

「そんなに言うなら、伯爵と男爵はどうなんですか！」

半分キレたチャーリーの言葉に、二人は自分の描いた犬を見せたが、

「男爵、それ…イスですか？」

小梅がおそるおそる問う。とりあえず四足の何かだということは分かったが、動物っぽくは見えなかった。

そして伯爵の描いた犬といえば、

「おい、おまえ。なんで足が五本もあるんだ」

男爵がものすごく気味の悪いものを見たという顔で聞いた。

「何言ってるんだい？　足はこれとこれとこれとこれで、これは尻尾《しっぽ》だよ」

伯爵は心外だという様子で答える。

「伯爵や男爵の目には、犬がそういうふうに見えてるんですか……？」

小梅がややおびえたような顔をして、問う。

数々の画伯っぷりに我慢していた奏多だが、それに耐えられず噴き出した。

「……っ…ふっ、ふふ…。そう見えてたら、怖いですね……」

何とかして笑いを止めようとして、腹筋を駆使するが、声が震えてとぎれとぎれになる。

「ていうか、小梅ちゃんの犬だって結構酷いよね？」

伯爵が納得いかないという様子を見せ、男爵も頷くが、小梅は、

「僕のはぶさいくなだけで、犬に見えます」

と言い張る。正直それもどうかと思った奏多だが、小梅の言葉を受け、

「じゃあ、次の絵で勝負だ。奏多くん、悪いが次のお題を出してくれないか」

負けず嫌いらしい男爵が奏多にお題を要求してきた。

「……そう、ですね…。動物は難しいようなので、食べ物にしましょう……。パイナップルを描いてください」

特徴的な食べ物なので大丈夫だろうと思ったのだが、画伯たちはやはり画伯だった。

「おい、伯爵。おまえの知っているパイナップルは上から手が生えてるのか。ファンキーだな」

と男爵が言えば、

「そういう男爵のそれ、方向を変えたらカメっぽいっスよ」

チャーリーが突っ込み、

「ショウくん、なんだかそれ目玉がいっぱいついてる邪悪な果実みたいになってるよ」

伯爵がショウの描きかけの絵を見て突っ込む。

その突っ込みも爆笑しながらだし、奏多はみんなの突っ込みが的確すぎて、笑いの壺《つぼ》にハマってしまって息が吸えないくらいの状態だ。

「無理…も、ほんと…無理……」

酸欠になるくらい笑いながら、奏多は自分が普通に笑っていることに気づいた。

楽しかったり、面白かったりすれば笑うのは普通のことだ。

けれど、奏多が笑うのは、その場の空気を壊さないためだったり、周囲に心配をかけないためになっていた。

――……ちゃんと、笑えるんだ…。

そのことがなんだか嬉しくなった。

「皆さん、たのしそうですね。何かあったんですか?」

不意に廊下から声がして、そちらに視線を向けると、大きなトレイに五センチほどの高さの小さな小瓶をいくつも載せたメルが立っていた。

「絵を描いてたんです。でも、みんなすっごいヘタクソなんですよ」

小梅が笑いながら説明し、

「メルもお絵描きしませんか?」

メルを誘う。だがメルは穏やかに微笑んで首を横に振り、

「ありがとうございます。でも、これを先にすませてしまいたいので」

と、トレイを軽く持ち上げた。

「あ、カフェのテーブルフラワーの交換かい？」

「そういえば、そろそろ交換時か」

伯爵と男爵の言葉に、メルは頷いた。

「いくつか、元気のなくなっていたものがあったので、気になって」

「さすがメル、よく気がつきますね！　お手伝いします」

小梅の申し出にメルは申し訳のなさそうな顔をした。

「絵を描いてる途中なんでしょう？」

「お絵描きはまた後でもできますから。ここでみんなでやっちゃえば、あっという間だし、楽しいです」

小梅はそう言ってメルを手招きし、チャーリーが少し腰を浮かせてメルが座る場所を作る。

「じゃあ、お願いします」

メルはトレイを持って部屋に入ってきた。

「花材はどこだ？」

「あ、玄関に……すぐ持ってきます」

トレイを座卓の上に置きながらメルが言ったが、先にショウが立ち上がり、俺が取ってこよう、

と玄関へと向かう。

ややして、籐《とう》の籠《かご》に新聞紙でくるまれた花材を持ったショウが戻ってきて、みんなでテーブルフラワー作りが始まった。

テーブルフラワーと言っても華美なものではなく、カフェの庭でいつの間にか野性化して増えているアイビーや、ローズマリーに、やはり庭で勝手に咲いている花を添える程度のものだが、その素朴さが、あのカフェの雰囲気にはぴったりだ。

それぞれ、好きに活《い》けていくのだが、

「意外と、うまくいかんものだな」

ショウが自分の活けている瓶を見つめ、首を傾げる。

「そうなんだよね、適当に入れてあるようでいて、バランスが難しいっていうか」

伯爵も自分のものを見ながら苦笑する。

「この花がこっち向いてくれたら完璧なのに、どうしてそっぽ向いちゃうんですか」

小梅も難しい顔で、花の向きを何とか変えようとするが、花の重みのせいか、すぐにくるりと違う方向を向いてしまう。

「もう！」

癇癪《かんしゃく》を起こした小梅に、

「この枝を、こうすれば……」

そっとメルが手を伸ばして手直しをする。すると小梅が思った方向に花が向いた。

「あ、本当だ。すごいです」

小梅が感動した様子で言うのに、メルは苦笑した。

「多分、店に運ぶ途中で花の位置は変わってしまうと思いますけれど……」

「せっかく綺麗にできたのに」

小梅は残念そうだが、「元に戻せばいいだけですよ」とメルに言われて頷いていた。

「それにしても、メルは上手く活けるな」

早々にギブアップして見物を決め込んでいたショウが、メルの活けている小瓶を見て言う。

「本当だな、バランスがいい」

やはり見学組に入っていた男爵が言う。

「そんなことありません。なんとなく歪《いびつ》だったり、物足りなかったりします」

メルはそう言った後、

「紫さんなら、こういう小さなものにでもうまく活けられるんだと思います」

紫の名前を出した。

「紫さんもこういうの得意っスよね」

チャーリーが納得したように頷く。

「そうなんですね」

奏多にはよく分からなくて、呟くように言うと、

「カフェの玄関の花は、いつも紫が活けてるんですよ」

小梅が説明した。その言葉に、奏多はカフェの玄関の一番目立つ場所にセンスよく飾られていた花を思い出した。

「ああ……、この前カフェに行った時に見ました。あれ、紫さんが活けたんですね」

「ご近所さんからもらった花がある時だけですが、いつも紫さんが。どんな花でも、ハッとするような活け方をされます。やっぱり生まれ持っての才能がすごいんだと思いますよ。……紫さんと比べれば、私なんて」

自嘲めいた口調と表情のメルに奏多は引っかかりを覚えた。

だが、メルはすぐにいつもの穏やかな表情になり、

「まあ、ないものねだりをしても仕方のないことですね」

と付け足した。

「確かにそうっスよねぇ。俺も、自分にここまで絵心がないと思わなくて実は地味にヘコんでるっスよ」

チャーリーがそう言って、さっき自分が描いた犬の絵を取り出す。

「これ、犬なんだけどさ」

絵を見せられたメルは、噴き出しそうになった後、手で口を押さえた。

「……個性的、だと思います」

「さすがメル、言葉を選びますね」

小梅が妙な感心をする。

「でも、これを見ても言葉を選べるか？　パイナップルだ」

そう言って男爵が見せたのは、伯爵が描いた手のようなものが生えた、パイナップルとお題を言われていてもよく分からない物質になったもので、

「俺のパイナップルはこれだな」

続けざまにショウは邪悪な果実と呼ばれた自分の絵を見せた。

恐らく、メルの想像を超えていたのだろう。

メルは声を必死で殺そうとしているものの、俯き、肩を震わせて笑っていた。

「メルでも慰めの言葉が出ないレベルでしたか……」

小梅が残念な顔をして伯爵とショウを見る。

「リンゴとかミカンならよく見るから何とかなったと思うんだけどね。生のパイナップルってほとんど見ないから」

「缶詰の輪切りのならよく見るがな」

伯爵とショウが微妙な言い訳をするが、

「だからって、パイナップルから手が生えたり、目玉がいっぱいついた邪悪な果実になったりしません」

容赦なく小梅が言い、俯いたメルが堪え切れず噴き出した。

先程のお絵描き大会の笑いの壺が離れきっていなかった奏多は、釣られるように笑い、他の面々も次々に笑いだし、穏やかな昼下がりは過ぎていった。

◇
◆
◇

まだまだ本調子ではないが、奏多は身近にあるものを描くようになった。

絵は独学で学んだので、デッサンなどはあまりちゃんとしたことがなかったため、今がいい機会だからと、インターネットで基本的なデッサンなどのサイトを見たりするようにもなった。

和鷹はそんな奏多に、無理しなくていいよ、と声をかけてくれたが、絵を描く気持ちになれたのはいい傾向だと喜んでくれた。

作業興奮の一種なのだろうか、手を動かしているうちに、康平から振られてきた仕事の絵を描いてみようかという気持ちになった。

それでこの日、お風呂から上がってきてから、以前、和鷹から渡されたリストを取り出し、その中から、描けそうなものをスケッチブックに描き始めた。

選んだのは、追加される少女キャラクターと、そのキャラクターに持たせる武器だ。

しかし、描くうちになぜか違和感を覚えた。

「んー……ショートカットのほうがいいのかな…」

一度手を止め、描きかけの絵を少し離したところに置いてじっと見る。

だが、髪型がどうこうという問題ではないような気がしてきて、スケッチブックをめくり、新たなページに雰囲気の違うキャラクターを描き始めたのだが、それもやはり途中で違和感が出てきてしまう。

最初は、久しぶりに仕事の絵に取り組むからかと思っていたのだが、生まれた違和感はどんどん大きくなって、また新たなページを開いて別に描き始めても途中で手が止まった。

「……なんで…」

――まったく、なにやってんだよ――

――才能ねぇんじゃねぇの？――

脳裏に思い出したくもない罵倒が蘇《よみがえ》って、胃の下あたりがモヤモヤとし出す。

それを奏多は必死で振り払う。

才能があるなんて思っていない。

思っていないけれど、前はこんなふうに絵を描いている最中に違和感を覚えることなどなかった。

迷いで手が止まることはあっても、違和感で手が止まるなんてなかったのだ。

「やっぱり、どうかしちゃったのかな……」

前の会社で受けたストレスで、精神的にどん底まで落ちたのだと思っていたが、もしかすると自分が先にどうかしてしまって、前の会社の同僚たちをいらだたせていたのかもしれない。

自分のことは普通だと思っていたけれど、一番見えないのが自分のことだとも言うし、その可能性もなくはないだろう。

――もしそうだとしたら、僕はこれからどうすればいいんだろう……。

そう思うと、たとえようもない不安に襲われて、奏多は部屋にいるのが怖くなった。

時計を見ると十二時過ぎだった。

みんな夕食の後は、居間でそのままお酒を飲んでいる。眠りにつく前、布団の中にいると時折楽しげな笑い声が聞こえてくることがあって、その声を聞いていると、なぜか安心できた。

だが、いつの間にかお開きになってしまったのか、下から響いてくるような声はなかった。

――誰かいたら、もしかしたら気がまぎれるかもしれないし、いなくてもお茶を飲んだりすれば少しは……。

そう思って、奏多は部屋を出た。

階段を下りるまで人の気配はほとんどなかったが、一階の廊下に出ると台所に灯りがついているのが見えた。

誰かがいる。

そう思うとほっとして、奏多はわずかに早足で台所に向かった。

台所にいたのはスウェット姿のメルだった。

水切りかごに洗いあげてあった食器を拭いて、食器棚にしまっているところのようだ。

「メルさん、お疲れ様です」

そっと声をかけると、少し驚いた顔でメルは奏多を振り返った。

「奏多さん、まだ起きてらしたんですか？」

「……仕事を、してたんです」

奏多はそう答えてから、手伝います、とメルが拭きあげた食器を棚にしまっていく。

「助かります」

メルは快く奏多の手伝いを受け入れてくれた。

「メルさんは、いつもこんなふうに最後の片づけを？」

「いつもというわけじゃありません。誰かがすませてくれることもありますし、伯爵たちが試作品作りに夢中なこともありますから、そんな時は後片づけまでお任せして部屋に戻ります」

「でも、そうじゃない時は、メルさんなんですね」

どれほどの頻度かは分からないが、そういうことだろう。

「気がついたらやるという程度ですよ」

そんなふうにメルは返すが、メルが気がつかないことなんか、ないような気がした。

「奏多さんは何かご用があっていらしたんじゃないんですか？　お茶を飲みに、とか」

聞かれて、奏多は苦笑した。

「……絵を描いてたんですけど、ちょっと、行き詰まってしまって。それで、誰かいたら気がまぎれるかもしれないし、そうじゃなくても、お茶でも飲んだら気分転換になるかなって」

奏多の言葉に、メルは微笑んだ。

「そうでしたか。じゃあ、お茶の準備をしましょう」

メルは最後の食器を奏多に渡すと、ヤカンにお湯を入れて沸かし始めた。

「この時間なら…カフェインの入っていないものがいいですね」

メルはいろいろな茶葉が入れられている籠を物色し始める。

二日ほど前から、奏多はコーヒーを飲み始めた。

久しぶりのコーヒーは、アメリカン程度の薄さのものでも、濃く感じるほどだった。

「ルイボスティーでいいですか？」

問われ、奏多は頷いた。

メルはティーバッグを取り出すと、沸騰したヤカンの中に投下する。

そして、コップの準備をするのかと思ったが、メルが準備したのは水筒だった。

「水筒……？」

「ナイトピクニック、と言うほどでもありませんが、気分を変えて外に行きませんか？」

夜、外に出ることは大して珍しいことではない。

仕事で徹夜の時などは眠気覚ましにコンビニに出かけて気分転換をしたものだった。

それとニュアンスはあまり違わないような気がするのに、ナイトピクニック、という言葉はなぜか妙にウキウキした気持ちになった。

「はい、お願いします」

奏多の返事にメルは優しく笑みを返し、できたお茶を水筒に入れた。

そして、少し待っていてください、と言うと一度台所を出ていった。ほどなく戻ってきたメルの手には、コートとジャケットがあった。

「さすがに夜は寒いですから」メルはそう言って、奏多にコートを着せかける。

「あ…、僕のほうが小さいから、ジャケットで大丈夫です」

体を覆う面積的に、メルがコートを、奏多がジャケットを、という形ならイーブンな気がしたのだが、

「ダメですよ。まだまだ奏多さんは本調子じゃないんですから」

と、聞き入れてはくれなかった。

奏多にコートを着せると、メルはジャケットを羽織り、この前のようにランタンに蠟燭を入れ――この前のものよりも長いものだった――、外に出た。

自然に差し出されたメルの手を取り、歩きだす。

裏庭から畑に出て、行きついたのはカフェだった。

テラス席のテーブルは全部軒下に入れられ、イスが上げられていたが、メルはそのイスを二つ下ろして並べると、奏多に座るよう促した。

「昼間とはまた違う風情があるでしょう?」

メルは言いながら、持ってきた水筒を開け、コップがわりの蓋《ふた》にお茶を注いで差し出す。

ありがとうございます、と受け取ったお茶の礼を言いながら、奏多は空と庭を眺めた。

「……静かで…、全部が眠ってるみたいですね…。僕が住んでるところも、働いてるところも、わりと近くに二十四時間営業のお店とかが多いから、夜でも明るくて、人が多いんです。ちゃんと暗くて静かな夜なんて、ほとんどなくて……なんだか神聖な気持ちになります」

世界中のすべてが眠りについているような静けさと、暗さ。

まるで起きているのが自分たちだけのような錯覚すら感じる。

二人とも黙ったままで、瞬く星や、遠くにわずかに見える人家の灯りを見つめた。

「……ここに来る前、僕は、死にたいと思いつめていた時期があります」

奏多はぽつりと呟いた。

呟いた後、自分がなぜそんなことを言い始めたのか分からなくなって、少し間を置いた。

だが、メルは先を急かすでもなく、ただじっと言葉の続きを待つように黙っていた。

その沈黙はとても優しくて、奏多は再び口を開いた。

「前の会社にいた時はよく、怒鳴られてました。理不尽に思えることもあったんですけど、僕自身にもそうされる理由があったのかもしれないし、相手の要求にこたえることができないのが悪いのかなって思って、頑張って何とかしようって思って……でも、どうしようもなくて」

一週間のうち、家に帰って眠れるのは週末だけという時も少なくなかった。

会社に持ち込んだ寝袋で床の上に眠って、ネットカフェのシャワーブースで身支度をすませる日々が長く続いた。

「頑張っても頑張っても、状況は全然変わらなくて、そのうち自分の中のいろんな感覚が摩耗《まもう》して……生きてるってなんだろうって…こんなにつらい思いしかしないのに、生き続けるってなんだろうって…そう思った時に、もういいやって、一度自分に見切りをつけたんです」

人生五十年、とは能の「敦盛《あつもり》」の中の一節だ。

その半分の二十五年で終わってもいい。

残りの二十五年が、今のまま続くのなんて、耐えられなかった。

「二十五歳の誕生日に、全部終わらせようって決めて、身の回りのものもいろいろ処分して……来週、誕生日だって時に、大学時代の先輩だった今の上司に再会して……命を、救われました」

死のうと思っていたことは、これまで誰にも言わなかった。

そこまで思いつめていると気づかれてはいたかもしれないが、自分の口で告げたことはない。

それをどうして、こんな重い話をメルにしてしまっているのか、奏多にも分からなかった。

「前の会社を辞める手続きをしてくれて、今の会社に入れてもらって……でも、頑張れなくて……結局、心配ばっかりかけちゃって、ゆっくり休めって言われて、ここに来たんです」

奏多はそこまで言って、渡されたお茶を飲んだ。

体の中に広がる温かさに、ほっとした。

「……奏多さんにとって、ここに来ることになった経緯は、とてもつらいことだったと思います」

その中、今まで沈黙を保っていたメルが口を開き、奏多はメルを見た。

メルはまっすぐに奏多を見つめて、言葉を続ける。

「でも、そのおかげで奏多さんと会えたと思っている私は、どこか歪《ゆが》んでいるのかもしれませんね」

密やかな声はどこか甘い響きを伴っているように思えた。

奏多はそれにどう返事をしていいか分からず、メルから目を離すこともできなくて、ただじっとしていた。

メルはそっと奏多に顔を寄せ――気がつくと、キスをされていた。

触れるだけのキスはすぐに離れ、奏多は瞬《まばた》きを繰り返した。

――今の、何……？

キスだということは分かる。

そうではなくて、なぜ？　という意味だ。

だが、それを問うこともできなくて、奏多は瞬きを繰り返すしかなかった。

暗闇に輪郭を失う庭に、木々が風に揺れて音を立てる。

その音に、

「少し風が出てきましたね。……家に戻りましょうか」

メルは立ち上がり、奏多の飲みかけのコップを手に取ると、残っていた中身を捨てて、水筒に蓋をした。

「行きましょう」

来た時と同じように手を差し出され、つなぐ。

ランタンの灯りを頼りに先を進むメルの姿を見ながら、奏多は来る時とは違う感情が自分の中にあるのに気づいた。

名前をつけるまでにはまだ理解できないその感情を、どう受け止めていいのかすら奏多には分からなかった。

家に戻ると、メルは部屋で飲んでください、と水筒を奏多に渡した。

そう言われると、部屋に戻るしかなくて、貸してもらったコートを脱いでメルに返すと、奏多は二階の自室に戻った。

もらったお茶を飲む気にもなれず、かといって絵の続きを描く気にもなれなくて、結局奏多は布団に横になった。

けれど、眠りはまったく訪れようとしなかった。

「……なんで……？」

死にたいと思いつめたことのある奏多を憐《あわ》れんだのだろうか？

だとしてもキスをするだろうか？

悩むが答えなど出るはずもない。

出ないと分かっていても、つらつらと考えてしまって眠れなくて——最後に寝がえりを打った時には、窓の外が少し明るかった気がした。

◇
◆
◇

翌朝、奏多は盛大に寝坊をした。

目が覚めた時、時計は十時を指そうとしていて、それに慌てて起きようとしたのだが、それでも

まだ体は眠りを要求するようになかなか動こうとしなかった。

それでも、いつまでも寝ているわけにもいかず、のろのろと起き上がって着替えると奏多は階下に下りた。

洗面を終えて居間に向かうと、当然もう朝食は終わっていて、和鷹は座卓でパソコンを覗き込み、少し離れたところでチャーリーが雑誌を読んでいた。

「おはようございます」

奏多が声をかけると、和鷹とチャーリーはほぼ同時に顔を上げて奏多を見た。

「あー、おはよー」

「おはようっス。朝ご飯、取り置きしてありますけど、食べますか?」

チャーリーの問いに、奏多はどう返事をしようか迷う。

空腹感はない。胃の中は空っぽになっていると思うのだが、もうずっと食欲に関しては感覚がおかしくて、食べなければ食べないでも平気なのだ。

それに、二時間もすれば昼食の時間で、今食べるとその時に食べるのがつらくなるかもしれない。

そう結論づけて、今はいいです、と言いかけた時、

「欠食すんの体に悪いから、いつもの半分くらいにして持ってきたげて」

和鷹が代わりにチャーリーに告げた。チャーリーは「了解っス!」と立ち上がり、台所に向かう。

「ごめんねー、ホントは俺が準備したげればいいんだけど、今ちょっと手が離せない」

どうやら株取引の最中らしい。

黙って、和鷹の向かいに座っていると、ほどなくチャーリーが温め直した朝食を持ってやってきた。

「食べ終わったら、流しに置いといてください。昼食の後で一緒に洗っちゃうんで。……和鷹さん、俺、ちょっと蔵へ戻ってきます」

「んー、分かった」

和鷹の返事に、チャーリーは縁側からそのまま蔵へと向かう。

「……僕が来たから、気を使わせてしまいましたか？」

奏多が問うと、和鷹は笑って頭を横に振った。

「ううん、十時半から、ネットでチェスの対戦するんだって。今日、カフェの非番だから、好きなだけ遊べるって言ってたんだけど、いつもの相手が十時半になんないとインできないらしくて。ちょうどいい時間だからだと思うよー」

嘘というには流暢《りゅうちょう》な返事なので、疑わなくていいのだろう。

とりあえずほっとして、奏多はいただきますをしてから、用意されたご飯を食べ始めた。

そして少しした頃、緊迫した局面は終わったのか、和鷹はパソコンの画面を閉じた。

「……取引、終了ですか？」

「うん。思った金額で売れたから、もう今日は終わっとく」

和鷹はそう言った後、やや間を置いて、

「カナちゃんは、メルとの深夜デートで寝坊？」

突然聞いてきて、奏多は思わず口の中のものを噴き出しそうになった。

――なんで知って……！

両手で口を押さえつつ和鷹を見ると、和鷹はいつもの害のない緩い笑顔で続けた。

「昨夜、カフェに行くの見えたんだよね。俺の部屋、カフェのあるほうに面してるから。寝ようと思って電気消したら畑のほうにぼんやり灯りが見えて、じーっとよく見たら、メルとカナちゃんだった」

奏多はそれにどう答えようか悩みながら、とりあえず、咀嚼して時間稼ぎをしながら和鷹の出方を見る。

「ランタンの灯り一つでって、ロマンチックだよねー。メル、どこでそんなの覚えてきたんだろ」

和鷹の口調はどこまでも呑気《のんき》だ。

この様子だと、カフェに出かけていくところを見られていただけらしい。

――隣って言っても、間に畑もあるし、それに暗かったから何があったかまでは見えてない……よね？

奏多は誤魔化す方針を決め、口の中のものを飲み込んでから、説明した。

「仕事の絵を、描いてみようと思って……昨夜、お風呂から上がってから作業を始めたんです。でも、なんか、ものすごく違和感があって、行き詰まっちゃって……。それで水でも飲もうかと思って台所に行ったら、メルさんがいて、話したら、気分転換にって言ってくれて……」

嘘は言ってないし、その先は言わなくていい。

そう思ったのに、その先、などと自分で思ったせいでうっかり昨夜のことを思い出してしまって、奏多は真っ赤になった。

「……うん、気分転換でカフェに行った先で何かあったことだけは、察した」

和鷹に言われて、奏多は必死で頭を横に振る。

「いえ、あの、何もなくて、その……」

だがうまい言い訳は少しも浮かんでこなくて、目が泳ぎ始める。その奏多に、和鷹は、

「あー、別に二人の関係をどうこういうつもりはないよ？　俺、小梅といい仲だし」

さらりとカミングアウトしてきた。

「え？　……小梅ちゃん？」

和鷹がことのほか可愛がっているのは、今まで過ごした中だけでも充分に分かる。

だが、それは同居しているみんなが小梅を可愛がっているので、それと同じ意味かと思っていた。

——そういえば、小梅ちゃんも藤木先輩と一緒にいるのが一番多い……。

食事の時は必ず隣だし、カフェが休みの日は、和鷹が株の取引をするそばで小梅が本を読んだり、和鷹の携帯電話でゲームをして遊んだりしている。

だがそれは、仲のいい兄弟のようにしか見えないものでもあった。

それに、小梅は可愛いといっても、男の子だ。

「いろいろ理解に苦しむ感じで戸惑うのはよく分かるんだけど、本気で小梅のこと愛しちゃってるんだよね。一応、ゆかりんにも認めてもらってる仲だから」

そう説明を添えられても、奏多はやや気が抜け気味の「はい」という返事をするしかできなかった。

「だから、カナちゃんとメルがって聞いても、あんまり驚かないっていうか…うん、いいんじゃない？　って感じなんだけど、ただ、普通の恋愛みたいにいかない問題もあるから、もし本気で付き合うとか、そういうことになるんだったら、相談ってほどのことじゃないけど、一応話してほしいかなー、とは思うんだよね」

無理強いするつもりはないんだけど、という和鷹の言葉を、男同士の恋愛はいろいろと問題があるんだろうな、と理解して奏多は頷いた。

その奏多の様子に和鷹は満足そうに笑うと、

「で、仕事で行き詰まってたっていうのは、気分転換できた？」

少し話を戻して聞いてきた。どうやら、メルとのことについてはこれ以上聞くつもりはないらしい。

そのことに安堵しながら、奏多は説明した。

「今までと同じような感じで描こうとしたんです。でも、どうしても途中で違和感が強くなって……三枚くらい描き直したんですけど、描き込めば描き込むほど違和感がもっと増す感じになって、描けなくて」

和鷹は、うーん、と少し考えるような顔をした後、

「康平からは、この前カナちゃんどうしてるって聞いてきたけど、朝起きて夜寝るっていう規則正しい生活して、量は少ないけど三食ちゃんと食べてるって返信しただけで、感涙スタンプ返ってくるくらいだから、仕事はまだ本当に焦ってやんなくていいと思うんだよね」

そう返してきた。

「でも……」

「それだと、カナちゃんの気がすまないのかー。んー、そうだなぁ……、今、描きたいものを中心に描いてみたら？　仕事絵としてってていうんじゃなくて、その中から使えるのがあれば万々歳くらいの感じで。今、ゲームのキャラって、系統が似通ってきてるっていうか、同じゲーム内だからある程度の統一感があるのは当然なんだけど、似たり寄ったりってなると、そのうちユーザーが飽きる可能性があるんだよね。カナちゃんの手が進まないのは『これまでのもの』を今は描く気になれないからだと思うし、だとしたら、今描きたいものは『これまでのもの』とは違うってことじゃないかと思うんだよね。もしそうだったら、ある意味で突破口になるかもしれないし、ハズしても別のゲームで使えるかもしんないし」

和鷹の口調も相まって、かなりお気楽な意見だと思う。

だが、そういう考え方もあるのか、と奏多は妙に納得した。

「……そうですね、そうしてみます」

奏多の返事に和鷹はにっこり笑った。


今、自分が描きたいもの。

そう考えた時に、奏多の脳裏に浮かんだのはメルの姿だった。

——目はこんな感じで……眉は…。

奏多はメルの顔を思い出しながらスケッチブックに姿を描き出していた。

仕事の絵をと思って描いていた時には、どうしても集中できなくて手が止まりがちだったのに、昨日、和鷹に言われてから、メルの姿を思い出し描いている時はそんなことはなく、ずっと没頭して描いていられた。

「あ、メルですね！　すごく似てます！」

その声に、奏多ははっとして、声がした背後を振り返った。

そこにはカフェから戻ってきた小梅とショウがいた。

和鷹は一時間ほど前にご近所に呼び出されて出かけており不在で、居間には珍しく奏多一人だった。

「小梅ちゃん、ショウさん……おかえりなさい」

絵に集中しすぎていて、二人が入ってきたのに奏多は気がつかなかった。

どうしてメルを描いていたのか、理由を聞かれたら困るな、と思ったのだが、

「ほら、ショウ、見てください、メルそっくりです！」

小梅が言い、ショウもスケッチブックを覗き込んできた。

「ほお、やっぱりプロはすごいな。俺たちの犬やパイナップルとは大違いだ」

ショウはそう言って、先日の画伯大会のことに触れ、笑う。

「僕たちと一緒にしたら、失礼です。和鷹さんだって、大笑いしてたじゃないですか」

画伯大会の絵は、あの日の夕食時に再び披露され、初めて絵を見る和鷹、紫、殿の三人は夕食を

食べられないほどの勢いで笑死寸前にまで追い込まれていた。

「それもそうだな。しかし上手いものだ……」

まじまじと絵を見ながら、ショウが改めて褒める。

「ありがとうございます」

お礼を返すと、小梅が目を輝かせて、

「僕も描いてください！」

おねだりをしてきた。

無邪気なおねだりはとても可愛くて、奏多は頷くとスケッチブックのページをめくって、新しいページに小梅を描き始めた。

小梅はじっとしてくれているのだが、途中で絵が気になるのかもぞもぞし始める。

「小梅、モデルは動いてはならんだろう？」

ショウが分かっていて、面白がって注意する。

「動いてません」

「絵が気になる？」

奏多が聞くと小梅は頷いた。

「まだ全然途中だけどね」

言いながらスケッチブックを小梅のほうに向ける。大ざっぱな輪郭を取っただけで、詳細な描き込みはまだできていないので、途中も途中だ。しかし、

「ほう…、これだけでも小梅だと分かるのがすごいな」

「本当ですね……」

ショウと小梅は感心した様子を見せた。奏多は再び自分の側にスケッチブックを向け直し、続きを描き始める。

そして二十分ほどした頃、和鷹が帰って来て、居間に入ってきた。

「ただいまー。あれ、小梅ここにいたんだ？　迎えに出てこないからまだカフェかと思った」

和鷹の言葉に小梅は、

「おかえりなさい。今、奏多さんに僕を描いてもらってるんです。モデル中は動いちゃダメなんですよ」

と、迎えに出られなかった理由を告げる。

「へぇ、小梅を？　カナちゃん、見せてー」

興味津々といった様子の和鷹に、奏多はさっきよりも描き進んだスケッチブックを見せた。

「おおー、すごい！　小梅がマジで小梅だ！」

「鏡を見てる時みたいです！」

和鷹に続いて小梅も声を上げる。

「二人とも、褒めすぎです」

小梅を知っている人に見せれば、すぐに小梅だと分かってもらえるレベルだとは思うが、デッサンをきちんと学んだ人なら、もっとそっくりに描けると思う。

しかし、和鷹は頭を横に振ると、

「いや、マジですごいって。ものは相談なんだけど、この小梅に、アリアナちゃんのエッグバニーイベントの時の衣装着せるとかできる？」

そう聞いてきた。

「アリアナちゃんのエッグバニーのイベントって……ファービキニですよね？　女体化ってことですか？」

奏多の言葉に小梅はキョトンとした顔で、

「にょたいかってなんですか？」

聞き慣れない単語に聞き返してきた。

「えーっと……小梅ちゃんの体を女の子に挿《す》げ替えて描く、みたいな……？」

そう言った途端、小梅が和鷹の脇腹をグーで殴った。

「ひどいです！　やっぱり僕が女の子のほうがいいんですね！　アリアナちゃんみたいな、ゆれるおっぱいがいいんでしょう！　この浮気者！」

「痛った……、違うって！　女体化希望なんじゃなくて、小梅にあの衣装を着せてみたいってコスプレ願望だって！　小梅のちっぱいでファービキニとか萌《も》えるじゃん！」

和鷹は正しい自分の願望を告げるが、

「孫殿、それはそれで歪んでるぞ」

ショウが呆れた様子で返して、それに奏多は思わず噴き出した。

「そうですね……、確かに」

「えー、絶対可愛いって。ホントはあれのコスプレ衣装買おうかと思ってたくらいだもん。でも、ゆかりんに見つかったら絶対に殺されるしさー。だから二次元でだけでも、お願い。言い値を出すから！」

両手を合わせてくる和鷹に、なんだかなぁ、と思いながら、

「小梅ちゃん、描いてあげてもいい？」

モデルの小梅が嫌がるようなものは描かないほうがいいので、奏多は小梅にお伺いを立てた。

怒っていた小梅だが「女の子の体の小梅」を和鷹が望んでいるわけではないことを理解して、機嫌を直したらしく、

「仕方ありません。泣きの一回です」

使いどころは違うが、了承の旨を伝えてくる。

それを受け、奏多は頭の引き出しから衣装の記憶を引っ張り出して、描きかけの小梅に着せつけていく。

描き上がったそれは、正直自分でもいい出来だと思えるもので、和鷹はもちろん、小梅も喜んでいた。

「やっぱり小梅は何を着せても可愛いなぁ。アラビアンナイト風の衣装とかでもいけそう」

「アラジンと魔法のランプですね」

和鷹の言葉に小梅がすぐに返す。

「そうそう。俺がアラジンで、ショウちゃんがランプの精で、小梅がジャスミン姫で」

「また、僕が女の子じゃないですか！　そうだ、奏多さん、和鷹さんにジャスミン姫の服を着せてください！」

小梅はそうリクエストしてくる。

「藤木先輩のジャスミン姫……、ちょっとそれこそ女体化しないとだめかも…」

「じゃあ、和鷹さんの女体化で」

小梅はニコニコとしていて、和鷹も止めるつもりはないらしい。

ショウも興味津々という様子だし、奏多も描くことに異存はないので和鷹の雰囲気を借りて女性を描き始める。

描くうちに、ふっと頭の中にひらめくものがあった。

——この家の人たちに、いろんな服装をさせてみたらどうなるだろう……。

たとえば、カフェの厨房に入る時以外は和服の殿に、三つ揃いのスーツを着せてみたり、ショウにシルクハットを被せてみたり。紫はレースやベルベットが似合いそうだから、いっそ女体化してゴシック調のドレスを着せても面白いかもしれない。

そう思い始めると、とてもわくわくした。

そんな感覚は久しぶりで、奏多はその日、夕食の後も思いつきをそのまま何枚もスケッチブックに描き散らした。

そしてふと気がつくと、時計は一時を回っていて、奏多はさすがにそろそろ眠らないと、とまだ描きたい気持ちはあったが、スケッチブックを閉じた。

「……寝る前にトイレ、行っておこうかな…」

特別行きたいというわけではないが、念のために奏多は階下のお手洗いへと向かった。

できるだけ足音を立てないように気をつけて階段を下りると、廊下の先の台所に灯りがついているのが見えた。

この時間、母屋にいるのは多分、メルだ。

メルとは今日、あまり話ができなかった。

メルがカフェから帰って来た時、奏多は和鷹たちに言われるままに絵を描いている最中だったし、メルは伯爵たちとそのまま台所に入って夕食の準備に忙しかった。

夕食の時には顔を合わせたけれど、特別に話すことはしなかった。

食べ終わると、みんなお酒を飲み始めるし、奏多はまだお酒を飲むほどには回復していないのと、何より絵を描きたかったこともあり、二階に上がってしまったので、あれからほとんど会っていない。

偶然かもしれないけれど、避けられているのかもしれないと思ったりもする。

——ていうか、避けてたのは僕のほうも、かな。恥ずかしくて顔とか、今日だってちゃんとは見られなかったし……。

とりあえず、おやすみなさいの挨拶をしてこよう、と心を決めて、奏多は台所へと向かう。

心臓はやはりドキドキした。

——まだ起きてたんですか？　それとも、何してるんですか？　かな。

話しかける言葉を選びながら台所の戸口に立つと、シンクに向かうメルの背中が見えた。声をかけようとした時、

「今日も、いい天気ですね。テラス席はいかがですか？」

カフェで接客している時のことを思い出しているのか、メルはそんな言葉を呟いた。

そして少し間を置いた後、ダンッ！　とメルは思い切りシンクに拳《こぶし》を叩きつけ、

「クソが……」

おおよそメルが言ったとは信じられないような言葉を吐き捨てた。

その後ろ姿からは、怒りと言うだけでは片づけられない何かが感じられるような気がして、奏多は到底、メルに声をかけることなどできなかった。

——見なかったことにしよう……。

見られたくない姿は、誰にだってある。

奏多は気づかれないように踵《きびす》を返して、二階へと戻った。

——メルさんでも、怒ったり、いらだったりすること、あるんだな……。

帰りついた自室で、部屋の電気を消しながら、奏多は思った。

メルはいつも穏やかに微笑んでいる印象がある。けれど人間なのだから、嫌な客にあたったり不愉快な思いをすることはあるだろう。

だから、ああいうことも時にはあるのだろうが——意外、というのがやはり一番最初に浮かぶ言葉だった。

「明日は、ちゃんと普通に話せますように」

祈りを捧げるように言って、奏多は布団にもぐりこんだ。

6

翌日、奏多はいつもの時間に起きて、みんなと一緒に朝食を取った。

もちろん、メルも一緒だったのだが、メルは昨夜見た怒りやいらだちは一切感じさせず、いつも通りのように見えた。

何か話したいと思ったのだが、話題がなくて、結局挨拶程度に二言三言言葉を交わしただけで終わった。

——今までもわりとそういう感じだった、とは思うけど……。

なんとなく、素っ気ない態度を取られている気がしないでもない。

そう感じてしまうのは、あのキスのことがあるからだろう。

あんな子供だましのキスは、メルの中では大したことではないのかもしれない。

——魔が差した、とかそういうこともあるかもしれないし…。

恋愛経験がほとんどない奏多にとってはものすごい出来事だったのだが、そんなのは同年代の男子の中でも稀有《けう》なほうだということも分かっている。

——なかったこと、にしたいのかなぁ……。

そう思い始めると、どんどんネガティブが大きく膨らんでいく。

——ていうか、忙しいみたいだし……。

朝食の後片づけの後は、伯爵に呼ばれていたし、その後は殿に頼まれごとをしていて、昼食時にも近所に出かけて、帰ってこなかった。

そういうことはメルでなくともわりとよくあることらしく——特に年寄りばかりの家が多いこのあたりでは、この家の若い住人たちは「何か食べさせてやりたい」対象でもあるらしく、畑仕事の最中などに出会うと、そのまま一緒にお茶でも、という流れになることが多いらしい。

だからそのせいだ、と、とりあえずそういうことにして、奏多は午後も居間でスケッチブックに向かっていた。

「珍しい。一人ですか?」

一時間ほどした頃、居間に紫がやってきて、一人で絵を描いている奏多に声をかけた。

「あ…はい。今日はみんな忙しいみたいです。藤木先輩は、小梅ちゃんと、ショウさんとチャーリーさんと一緒に買い物に出かけて、男爵と殿は……さっきまで台所にいらっしゃったと思うんですけど……」

何かを作っているような音が聞こえていたが、気がつけばその気配がなかった。

「あの二人は蔵に戻ってきましたよ」

紫はそう言った後、ふっと笑って続けた。

「私が言ったのは、メルのことですよ。あの子、いつもあなたを気にして近くにいるのに」

「え……?」

どういう意味か分かりかねて戸惑っていると、

「気づいてませんでした？　カフェが休みの時は、たいていあなたの気配を感じられる場所にいましたよ」

薄く笑いながら言って、奏多のほど近くに座布団を置いて腰を下ろした。

「それは…多分、体の心配をしてくれてるからだと思います。……藤木先輩が、青年会のことで忙しくて、バタバタするかもしれないから、メルさんに僕のことを任せたっておっしゃってましたし、それで……」

言葉にして、自分でも改めてそのことを思い出した。

和鷹に頼まれたから、メルは自分のことを気にかけてくれているのだ。

だからあの夜のことにしても、どうしようもなく落ち込んでいる様子だったから、何とかしようとして、ああなっただけかもしれない。

そう考えれば、その後の少し避けるように思える様子も合点がいった。

だが、紫は奏多の言ったことに対しての返事はせず、

「今、メルは？」

と、その所在を聞いてきた。

「忙しく、いろいろ用事をしてるみたいです。その、働き者というか、そういうのはいつものことですけど……」

他の住人がゆっくりと過ごしている時でも、メルは何かをしていることが多かった。

アイロンをかけていたり、窓を拭いていたり、ゆっくりとお茶を飲んだりしているところは、昼

間はあまり見たことがない。

奏多の言葉に紫は少し複雑そうな顔をした。

「まったく……そんなことをしなくても、存在価値が揺らいだりはしないのに…」

紫の呟きの意味が分からなくて、奏多は首を傾げた。その奏多の様子に、紫は、

「あの子は、自分の出自に少し思うところがあるみたいなんですよ。だから、人の役に立つことで、それを覆《くつがえ》す……とまでは言いませんけど、自分の中で折り合いをつけたいんでしょうね」

説明するように言ってから、奏多が開いたままにしているスケッチブックを覗きこんだ。

「おや…、もしかして、それ、私ですか？　……女性のようですけれど」

その言葉に奏多は、あ、と思ったが、見られた後では隠しても仕方がないので頷いた。

紫の言葉通り、スケッチブックに描いていたのは紫に雰囲気を似せた女性の姿だ。

「ゲームの新しいキャラクターを考えていて……、ここの人たちをもしキャラクターとして出したら、どういう感じかと思って勝手に……すみません」

「いいえ、謝ることはありませんよ。美人に描いてくださってますし、お役に立てたなら何よりです」

そう言って笑う様はとても優雅で、綺麗な人だなと、奏多は改めて思った。

その時、籠にたくさんの野菜を入れたメルが畑から戻ってきて、縁側の向こうを通りかかった。

「メル、お疲れ様。少し休んだらどうです？」

紫が声をかけると、メルは少し驚いたような顔で足を止めたが、

「土がついてるので、先に洗ってしまいます」

と、そのまま外にある水場へと行こうとした。

「なら、手伝いますよ」

立ち上がりかけた紫に、

「紫さんにこんな作業はさせられませんから」

メルは手伝いを断って——それはどこか頑《かたく》なに聞こえるような口調だった——行ってしまった。

それに、紫はため息をつき、

「あの子のコンプレックスの原因の一つは、私なんですよ」

と言って苦笑した。

「紫さんが……？」

そういえば、前にみんなでテーブルフラワーを活けていた時に、紫のことを褒めていた。いや、褒めるのと同時にメルは自分自身の評価を下げるような発言をしていた。

「どういうことなんですか？」

問う奏多に、紫はやや考えるような表情を見せると、

「そうですね、意味合いの近い感じで言えば、本家と分家の違い、みたいな感じでしょうか。私が本家の跡取りとするなら、あの子は数多くある分家の生まれなんです。そんなこと、気にしない人は気にしないで、それぞれ個人を見ると思いますけれど、気にする人は気にするでしょう？　メルは気にするタイプなんですよ」

そう説明した。

奏多の実家は、本家や分家というようなものを気にしなければいけない家柄ではないが、そういうものを気にする人が結構いることは知っていた。

「メルさん自身で、どうにかできることじゃない、という意味でしょうか」

「逆に言えば、気にしなければすむ問題ということでもありますけどね」

紫はふっと笑ってそう言うと立ち上がった。

「私がいると、あの子が来ないでしょうから」

そう言うと居間を出ていった。

——メルさんの、コンプレックス……。

メル自身には、コンプレックスに思わなければならないところは一つもなさそうな気がする。

背が高くて、格好よくて、何をしていてもどこか品がある。まるで王子様のような人だ。

それに優しくて、とてもよく気がついて、一緒にいると心を縛りつけている何かをほどかれていくような気持ちになる。

メルを悪く言う人は、多分いないだろう。

知りあってまだ日は浅いが、確信できる。

メル自身から起因しないことがコンプレックスの元なのだとしたら——どれほど苦しいのだろうと思う。

自分自身でなんとか解決ができるのなら、まだましなのかもしれない。

——僕は、そういう意味では、甘えてたんだろうな……。

逃げ出すこともできたのに、そうせずに、最低の選択をしようとしていた。

そして今も、『頑張れない自分』『思うようにできない自分』を認められなくて、もがいて、溺れかけている。

——たまに無理してなきゃいいなーとも思ってる——

不意に、和鷹がメルについて話していた言葉を思い出した。

和鷹はメルのコンプレックスについて知っているのだろう。

いつもニコニコと笑顔でいるのは、コンプレックスの裏返しなのだろうか。

この日、奏多はずっとそんなことを頭のどこかで考えていたが、メルは夕食の時こそみんなと一緒だったので顔を合わせたものの、それ以外では特別にそばに来ることもなかった。

あの夜から、避けられているような気もしてものすごくモヤモヤしてくる奏多だが、たとえばメルと近くで話す機会があったとしても、そのことについて聞く勇気など奏多にはない。

だから、丁度いいと思えばいいのかもしれないが、そう思えない自分の我儘《わがまま》さ加減に呆れもした。

そんなふうに悶々《もんもん》として過ごしていた翌日、奏多は和鷹に誘われて再びカフェにお茶を飲みに出かけた。

今日もカフェは盛況で、室内の席は満席だったため、テラス席に案内された。

この前よりも早い時間帯に来たこともあり、スイーツがまだ残っていたので、互いに種類の違うタルトを注文し、和鷹はやはりコーヒーを、奏多はノンカフェインと説明が添えられていたハーブのブレンドティーを注文する。

「テラス席、この季節だと気持ちがいいのに、中のほうが人気なんですね」

夏や冬ならテラス席は厳しいが、この季節は本当に気持ちがいいし、開放感がある。紫外線も気にするほどではないだろうと疑問に思って聞いた奏多に、和鷹は意味ありげな様子で笑った。

「うちのカフェ、提供してるメニューの評判もすごくいいんだけど、一番人気があるのはイケメン店員なんだよね。テラス席にも気を配ってしょっちゅう誰かが様子を見には来るけど、中のほうが確実だし」

「あ……、それが理由なんですね」

「そういうこと」

納得するしかない理由だった。

「でも、嬉しいのは、店員目当てのお客さんでも、料理のことちゃんと覚えてくれてたりして、二回目とか三回目とかの時に、前に食べた料理の何がおいしかった、とか話してくれるらしいんだよね。厨房がメインの伯爵と男爵と殿は、そういうの聞くとやっぱりすごい励みになるって」

和鷹がそう言った時、チャーリーがお茶とスイーツを運んできた。

「お待たせしました。和鷹さんがコーヒーで、奏多さんがブレンドハーブティーですね」

確認しながらテーブルに置いて行く。半分ずつする、と話しておいたので、タルトは真ん中で切り分けて、種類の違う半分ずつを皿に載せてきてくれていた。

「ゆっくりお楽しみください」

チャーリーは笑顔で言うと、そのまま下がる。途中でやはり他の客に呼びとめられて、世間話に巻き込まれていた。

「ほらねー。みんなモテモテだからなー」

和鷹は呑気な口調で言いながら、タルトを口に運ぶ。

「あ、すっごいおいしい。カナちゃん、早く食べたほうがいいよ」

そう言われ、奏多もタルトを口に運んだ。

「本当だ……すごくおいしいですね。なんだろう、甘いんだけど、甘さに奥行きがあるっていうか……ただ甘いって感じじゃなくて、いろんな味の甘さがあるみたいな」

「そうそう、食材の甘さをちゃんと計算してるって感じするよね」

和鷹が同意した時、二人のテーブルに人が近づいて来た気配がし、それに奏多がふっと顔を上げると、そこにいたのは三十歳前後の男二人組で、その片方は奏多が以前勤めていた会社の同僚だった男だった。

——どうして、こんなところに……。

奏多は咄嗟《とっさ》に顔を伏せ、気づかれないようにやり過ごそうとしたが、二人組はそのまままっすぐにテーブルへとやってきて、口を開いた。

「藤木和鷹さん、ですね?」

名を問われた和鷹は声をかけてきた男二人を一瞥《いちべつ》すると、

「そうですが、何か?」

先ほどとは打って変わった硬質な声で返した。

「エンパイアゲームズの者で、町田《まちだ》と申します」

「同じく石原《いしはら》です」

二人は名乗り、名刺を差し出したが、和鷹が受け取る気配はなかった。仕方なしに、二人はテーブルに名刺を置いた。

奏多は俯いていたが、石原と名乗った男の声に、胃の下のほうがむかむかとしてくるのを感じた。一緒に仕事をしていた時に、執拗に奏多を中傷してきたうちの一人だからだ。

「藤木さんほどの経営手腕を持った方が、完全にＦＪＫの経営から離れて田舎に引っ込まれたのは、大きな損失だと噂になっています」

町田という男の自尊心をくすぐる言葉にも和鷹は興味がないのか反応する気配がない。それに、町田は言葉を続けた。

「ここはのどかでいいところですが、こちらに居を移されて一年。そろそろ退屈されているのでは？　うちと新規で事業を立ち上げませんか？　藤木さんのお力と我が社の創造性なら、他にない素晴らしいものが……」

「悪いが、業界に戻る気は一切ない。話を聞くつもりもない、お引き取りを」

言葉をさえぎるようにして、和鷹は言った。

それは奏多がこれまで聞いたことがないような冷えた口調だった。

「そう言わず、もう少し話を聞いてくださいませんか？」

縋るように口を開いたのは石原だった。

――この能無しが――

――給料泥棒っつーのはおまえの代名詞みたいなもんだよなぁ？――

罵倒された声が、鮮やかに蘇る。

その途端、奏多の体が恐怖に震えだした。

――バレタラ、マタ、怒鳴ラレル。

――気ヅカレナイヨウニ、シナキャ。

そう思うのに、体の震えが止まらなくて、その奇異さがかえって目についたのだろう。

「あれ、おまえ……新城？」

石原の声が奏多の名を呼んだ瞬間、奏多の胃が、嫌な収縮を繰り返し――堪える間もなく奏多は嘔吐した。

「……ぅ…えっ、…う…ぅぶ…」

「カナちゃん！」

和鷹の声に続いて奏多の耳に届いたのは、

「奏多さん！」

メルの声だった。その声とともにすぐにメルが近づいて来て、必死で口を両手で押さえる奏多の様子を窺う。

「奏多さん、大丈夫ですか？」

その言葉に奏多は答えるどころではなかった。指の隙間から溢れた吐瀉物が伝い落ちていく。

そんな姿を見られたくないのに、胃の収縮は収まらなくて、吐き気が何度もこみ上げた。

「メル、カナちゃんを家に。チャーリー、こちらの二人はもうお帰りだから、玄関までお見送りして。小梅、ダスター持って来てくれる？」

異変に気づいてチャーリーと小梅も様子を見に来たのだろう。その二人に和鷹が指示を出す。

その中、メルは奏多を横抱きにして持ちあげた。

「奏多さん、帰りましょう」

そう言うと、テラスから畑を横切って、メルは奏多を家へと連れ帰った。


家に戻って、最初に奏多は台所に連れていかれた。シンクで口をゆすぎ、手を洗ったが、一人では立っていられない状態で、奏多はそのままメルの使っている部屋へと連れていかれた。

「居間だと人の出入りが多いですし、さすがにあの狭い階段を奏多さんを抱き上げていくのは無理なので…ここで我慢してください」

一度畳の上に座らせた奏多に説明しながら、メルは布団を敷いていく。

そして、庭の物干しから干されて乾いていた奏多のパジャマを取ってきた。

「こちらに着替えましょう。服はすぐに洗ってしまいますから、綺麗になりますよ」

安心させるように言いながら奏多の服を脱がせていく。

奏多は頭がぼんやりして、思考することが完全に止まってしまい、メルにされるがままパジャマに着替えた。

メルは汚れた奏多の服を手際よくまとめると、別に持って来ていた濡れタオルで改めて奏多の顔や手、それから首筋から胸元のあたりを拭き直した。

その時に、メルのシャツの胸元が汚れているのが奏多の目に入った。

間違いなく、自分が吐いてしまったもので汚れていた。

「……ごめん、なさい……メルさんの服まで、汚して……、本当に、ごめんなさい……」

「奏多さん、謝らなくていいんです。さっきも言ったでしょう？　洗えば綺麗になるんですから、気にすることはありませんよ」

メルはそう言うと、奏多を布団に寝かしつける。

大人しく横たわった奏多のおなかのあたりまで布団をかけると、メルは汚れた服とタオルを手に立ち上がった。

そのまま部屋を出ていこうとするメルに、奏多は咄嗟に声をかけた。

「また、戻って来てくれますか……？」

その声にメルは振り返り、どこか困ったような笑みを浮かべて頷くと、部屋を後にした。

襖が閉まると、急に「一人になった」感覚が強く押し寄せてきた。

――また、メルさんに迷惑をかけた……。

ずっとメルには世話をかけてばかりで、また、だ。

いい加減、呆れてしまっているかもしれない。

さっきの困ったような表情も、あんなふうに聞かれたら戻ってこざるを得ないからかもしれない。

いや――もしかしたら、このまま戻ってこないかもしれない。

不安から、ネガティブな感情が嵐のように渦巻いて、奏多の目から涙が溢れた。

一度溢れだすと涙は止まらなくて、どうしようもなくなった。

その時、すっと引き戸が開き、

「奏多さん、どうかしたんですか？」

焦ったようなメルの声が聞こえた。

「…メルさん……」

水の入ったコップを載せたお盆を持ったメルは、慌てた様子で奏多の枕元に膝をついた。

「どこか苦しかったりしますか？」

問う声に奏多は頭を横に振った。

「大丈夫、です……。…メルさん、帰ってこないかと思って……」

「心配をかけてしまったんですね、すみません。着替えていたら少し遅くなってしまって」

その言葉によく見ると、確かにメルも着替えていた。

服が汚れていたのだから、着替えるのは当然だろうに、そんなことにも気がつかない自分に奏多はまた落ち込んだ。

「体のほうは大丈夫なんですか？　気持ち悪かったりはしませんか？」

「……大丈夫です。…ごめんなさい」

「少しよくなったといっても、完全に健康になった、というわけではないんですから、体調を崩すこともありますよ。……気に病むのは、もっと体に悪いですから」

優しいメルの言葉が、そっと奏多の中に入り込んでくる。

様子を窺う優しい眼差しに、まるで誘われるように奏多は口を開いた。

「……メルさんのことが、好きです…」

「奏多さん……」

メルの眼差しに戸惑いが見えた。そのメルに、奏多はもう一度言った。

「僕は、メルさんのことが好きです」

改めて言葉にして、ああ、と思った。

キスの後、避けられているような気がして落ち着かなかったのは、メルのことを好きになっていたからだ。

だから、ずっと気になっていたのだと。

メルは少しの間――瞬く程度の間だったのか、それとももっと長い時間だったのか、奏多には分からないが――見つめ返すと、不意に奏多の目の上に手を置いた。

「また、後で話しましょう。今は、目を閉じて」

告白への回答を先延ばしするように言った。

それは、遠まわしな拒絶にも感じられて、絶望的な思いにかられるのに、触れてくるメルの手から伝わる体温はとても優しかった。

――ずるい、ひと。

優しくて、優しくて、その優しさが、ずるい。

泣きたくなるのに、優しくて、幸せな気持ちにさせられてしまう。

でも、この後絶望しかないのなら、今はその優しさに逃げよう。

奏多は言われるまま、メルの手の下の目を閉じた。

時折風に揺れる木々の葉の音がする以外、互いの呼吸音すら聞こえない。

確かにそこにメルがいると感じられるのは、触れている手から伝わる体温だけで——その優しさに、いつの間にか奏多は眠りに落ちていた。

7

ふっと、何かの気配がして目が覚めた。

ほの暗い部屋の中、畳の上を近づいてくる足音がして、そちらに顔を向けると和鷹がいた。

「…藤木、先輩……」

「あー、ごめんね、やっぱ起こしちゃった？」

和鷹はいつもの口調で言った後、電気つけるね、と続けて、奏多の眠る布団のそばに膝をつくと、枕元に置いてあったリモコンで電気をつけた。

急に明るくなった室内に目が慣れず、奏多は軽く手を目の上に置きながら聞いた。

「今、何時ですか……？」

「もうすぐ六時半。夕ご飯どうするかなーと思って聞きに来たんだけど、気分は？」

問いかける言葉に、奏多はゆっくりと体を起こした。

「大丈夫です……。すみません、また、迷惑をかけて」

「気にしなくていいって。大したことないんだから」

軽い口調で和鷹は言う。けれど、奏多にとっては決して軽いことではなかった。

「でも…他のお客さんを驚かせたと思うし……、それに……」

それ以上は口にしたくなかった。

前の会社に関係したことを言葉にしようとするのを、心が拒否した。

「テラスには二組くらいしかいなかったから、カナちゃんがメルにお姫様だっこで連れていかれる時くらいに気づいた程度だよ。ご近所の常連さんだったから、静養に来てる後輩が気分悪くなっちゃってって説明したら、納得してくれた」

まず、奏多が言葉にできた部分の顚末《てんまつ》を話し、それから続けた。

「あと、エンパイアの連中と手を組む気はさらさらないよ」

和鷹には珍しいきっぱりとした物言いだった。

「……僕のこと、が、あるから…ですか？」

問う奏多に和鷹は頭を横に振った。

「ううん。経営的に、ちょっとよろしくない感じなんだよねー。一年くらい前からリリースしてるゲームのユーザーがどんどん離れてっちゃってるし、多角経営目指して下手《へた》打った感じもあって、やばいんじゃないの？　って話はわりと出てる。倒産なんて話になる前に、カナちゃん引っ張ってこれないのー？　って康平とかと半分冗談で話したことあって……それから二ヶ月とかそんくらいしてから、カナちゃん捕まえた、みたいな感じで連絡あったから、ラッキーって」

「うちの会社…じゃないけど、そんな噂、出てたんですか……」

みんなピリピリしてはいたが、奏多はそんなことを気にする余裕もなかった。

自分の仕事をこなすだけで精いっぱいだったのだ。

「最初はホントに噂って感じだったんだけど、新しくリリースしたゲームが派手に宣伝したわりにプレイヤーが日々減ってるっていうし、二ヶ月くらい前に元からあったゲームの大幅アップデートしたけど、正直失敗だったと思うしね。実際、改悪祭りみたいになって炎上しちゃってたから……」

「……そうだったんですね。こんなところで会うと思ってなくて…急に胃が気持ち悪くなって……。迷惑をかけてしまって、すみません」

再び謝る奏多に、

「そりゃ、こんなとこで会うと思わないよ、普通。ていうか、むしろ俺がカナちゃんに謝んないと。連中の狙い、俺だしね。正確に言うと、俺が持ってる資金だけど。ごめんね」

逆に和鷹が謝ってきた。

「いえ、藤木先輩は何も……」

「うん、俺悪くないよね？　お金持ってるってだけで悪くないよね？　けどさー、お金持ってるってだけで、いろいろ怪しい連中が近づいて来たりして本当に面倒臭いんだって。社長業降りたのも、その辺が面倒臭すぎっていうのが理由だったりするし。でも、しつこいやつはいつまでも追いかけてくるんだよねー」

わざと分かりやすく落ち込んで見せた後、

「ただ、カナちゃんがここにいるって分かっちゃったじゃん？　だから、元同僚なんてコネを使って何とかしてこようとするかもしれない。でも、今、カナちゃんはＦＪＫの大事な社員なんだし、社員にちょっかいを出してくるようなら手を打つから。うちに訪ねてくる心配もあるかもだから、ボディーガードもつけるね。適任なのはショウとメルかな。どっちかは必ずつけるから、安心して？」

そう提案してきた。口調はいつも通りだが、奏多のことを心配してくれているのはよく分かった。

「大丈夫です、外には出ないし……、メルさん、忙しいから…悪いです」

奏多の言葉に、和鷹は首を傾げ、

「メルとなんかあった？」

聞き返してきた。

メルと二人で夜に出かけたことは知られているし、その時に何かあったことも気づかれている。

奏多は迷ったが、口を開いた。

「メルさんに、好きだって……言いました」

「メルは、なんて？」

「……ここに運ばれた時だったから、もしかしたら、一時的に気が弱くなってそんなこと言ったのかと思われたのかもしれないですけど……また後でって、はぐらかされて…」

奏多の返事に和鷹は、あー、と呟いて軽く天を仰いだ後、奏多をまっすぐに見た。

「悪く思わないでやってほしいんだけど、メル、すぐに返事できない事情があるんだよね。だからそう言ったんだと思う」

庇《かば》うような口調ではないそれに、奏多は聞いた。

「それは……メルさんの出自に関することですか？」

「え？　誰からそんなこと……」

和鷹は明らかに動揺した様子を見せた。

「紫さんです。この前、少しそんなことを」

出所を聞いて納得したのか、和鷹は頷いた。

「ゆかりんからかー。ゆかりん、カナちゃんになんて言ってた？」

問い重ねられて、奏多が本家と分家のたとえ話をすると和鷹はうんうんと頷いたものの、

「それも含めて、ちょっといろいろあるんだ。ゆかりんが言った以上のことは俺からもちょっと話せないんだけどね」

結局は何も教えてくれなかった。

だが、事情があるのも分かるし、無理に聞くこともしたくなかった。

「……分かりました」

「生殺しっぽくてごめんね。でも、メルはちゃんと考えてると思う」

和鷹はそう言った後、

「夕食どうする？　メルの顔を見るの気まずいなら、あんまり食欲ないってことにして二階の部屋に戻ってる？　ご飯は小梅に運ばせるから」

その後の食事について提案してきた。

確かに、メルと顔を合わせるのは気まずいが、みんなに心配をかけているので、顔は出したほうがいいのかもしれない、とも思う。それに、

「あんまり食欲ないって言ってるのに、小梅ちゃんにご飯持って来てもらったりしたら、矛盾しま

せんか？」

嘘だとすぐにばれそうで、それが心配で聞いてみたが、

「食欲ないって言ったって、何も出さないような鬼じゃないよ、俺たち。男爵がお粥作ってたから
それと、今日のおかずからなんか消化のよさそうなの見つくろって持っていかせる」

どうやらそのあたりのこともちゃんと考えてくれている様子だったので、結局和鷹の言葉に甘えることにして、奏多は二階の部屋へと戻った。

――それでも、メルさんは避けてるってことに気づくだろうな……。

戻ってきた部屋で、ちゃぶ台の前に腰を下ろした奏多はそんなことを思った。

けれど、さすがに告白してすぐ、普通に顔を合わせるなんてできなかった。

「好きだ、なんて、言わなきゃよかった……」

メルは優しいから、断るのだって、奏多を傷つけないようにといろいろ悩むだろう。

散々迷惑をかけているのに、悩ませるなんて、最悪だと思った。

けれど――黙っていることは、どうしてもあの時はできなかったのだ。

「……メルさん、ごめんなさい」

呟くような奏多の声が消えるのを待つように、階段を上ってくる足音が聞こえ、奏多はすぐにやってくるだろう小梅に心配をかけないように表情をつくり、襖戸が開かれるのを待った。

◇◆◇

「奏多さん、奏多さん、元気だったら気分転換に外に行きませんか？」

翌日の昼食後、居間でぼんやりとしていた奏多に小梅が声をかけた。

「外に？」

「はい！　ご近所さんに、カフェで使うお野菜の仕入れに行くんです」

小梅はニコニコ笑顔だ。

だが、外、と聞いて奏多は正直、戸惑った。

前の会社の二人が、簡単に引き下がるとは思えなかった。

町田と名乗っていた男は、奏多がいた開発部に来たことがなかったのであまり知らないが、開発部にいた石原のことはよく知っている。

執拗な男だった。

相手をＫＯするまでやりこめなければ気がすまない、とでもいうような男で、その標的になった奏多も最後の一線を越える寸前まで追い詰められたのだ。

そんな石原が素直に帰るはずがない。

和鷹か、奏多が外に出てくるのをどこかで待っているはずだ。

そう思うと怖くて、断ろうとしたのだが、

「和鷹さんもショウも、それにメルも一緒ですから、誰が来たって大丈夫です！」

小梅は断られることなど微塵《みじん》も考えていない笑顔で誘ってくる。

だが、メルも一緒、と聞いてさらに奏多は困った。

メルとは、朝食の時に顔を合わせた。

軽く挨拶をして、その時に少し体調を聞かれたが、それ以外のことは何も話さなかった。

朝食後、奏多は居間で小梅を相手にリバーシをしたり、せがまれて小梅が和鷹に買ってもらったというらくがき帳に動物の絵を描いたりして過ごしたが、メルはそんな奏多を避けるように居間以外の場所で忙しく何か作業をしていた。

昼食も結局、メルは作業が途中だからと後で一人で食べて――避けられているとしか思えなかった。

そんなメルが一緒となると、気まずいどころの話ではないのだが、

「だめですか？」

急にテンションの落ちたショボン顔で聞かれると、行かないとは言えなかった。

「……足手まといになっちゃうかもだけど、行こうかな」

奏多が返事をすると、小梅は鮮やかなくらい、全開の笑顔になった。

「行きましょう！　きっと楽しいですよー」

そう言って立ち上がり、奏多に手を差し出す。

それはメルがするようなエスコートという意味合いのものではなく、早く行こうと急かすもので

——そんな様子も可愛くて、奏多は小梅の手を取り、立ち上がった。

「じゃあ、この畝《うね》のを全部収穫してもらおうかいねぇ……。そっから、使う分、持っていってくれればいいからねぇ」

近所の野菜農家の畑で、おばあさん、と呼んでも差し支えのない年齢の主が小松菜の植えられた畝を指差した。

「ありがとうございます。頑張ります」

小梅はそう言うと率先して収穫を始める。

仕入れと聞いていたので、てっきり収穫済みのものを購入するだけだと思っていたのだが、

「そういうときもあるけど、収穫の手伝いをしておすそわけをもらうって時と半々かなー」

和鷹も収穫作業をしながら、奏多に説明した。

「そうなんですね」

「畑仕事はわりと重労働だからな。ここの奥方のような年齢だと、大変なことも多い」

ショウは手伝い慣れているのか、慣れた手つきで収穫した小松菜をコンテナに入れていく。

「奏多さんは無理しなくていいですよー。僕がその分も頑張りますから」

小梅が両手で力瘤《こぶ》をつくるように腕を上げて見せる。

「ありがとう」

礼を言った奏多の視線が捕らえたのは、小梅から離れた場所で収穫をするメルの姿だった。

畑に来るまで、一言、二言挨拶程度の言葉を交わしたものの、それ以外は話さなかったし、奏多の側には来なかった。

――なんか、決定的っていうか……。

和鷹は事情があると言っていたが、それならこんな風に避けなくてもいいんじゃないかと思う。

――態度で察しろ、とか？　遠回しな『ＮＯ』の意思表示なのかな……。

最初は、そんなふうに悶々としながら収穫をしていたのだが、そのうち作業そのものが楽しくなってきた。

五人でも収穫作業は一畝なら十五分ほどで終わり、お礼を言って帰ろうとした頃、隣の畑で作業をしていた老人から、小カブはどうだ？　と、声がかかった。

もちろん、収穫を手伝うかわりに持っていけ、というのには変わりがないのだが、当然のようにそちらに移動して、また収穫を始める。

「ほらほら、見てください。ハート形になってます」

小梅は自分が引き抜いた小カブが、先が二つに分かれて多少いびつだがハート形になっているのに気づいて奏多に見せた。

「本当だ、珍しいね」

「これ、もらって帰って、みんなに見せます」

小梅はそう言って、もらって帰るものを入れる籠にその小カブを入れた。

さっきも気づいたが、もらって帰るものは基本的に規格外として出荷できないものばかりだ。味は変わらなくとも、形の違うものはどうしてもはねられ、自宅用になるのだが、売り物を作っている農家ではその数も膨大で、廃棄することになるものも多い。

カフェで使う野菜は形にはこだわらないので、味が変わらないなら、捨てられてしまうものをということになったのは、自然な流れだったのだろうと思う。

「労働力を提供する時は、もらって帰る感じなんですか？」

作業中、たまたま収穫ルートが近づいて隣りあった和鷹に奏多は聞いた。

「量にもよるよ？　みんな気前いいから、あれもこれもって積んでくれちゃうんだけど、申し訳ないからそういう時はちゃんと支払ってる」

それが聞こえたのか、畑の主は、

「若坊はそういうとこ、きっちりしとられるからなぁ。こっちとしちゃ、腐らせて捨てることになるのは目に見えてるから、持っていってくれたほうがありがたいって言っても、首を縦に振ってくれん頑固なところもある。それは忠昭さん譲りだなぁ」

そう言って笑う。

「えー、俺、じいちゃんみたいに頑固じゃないと思うんだけど」

「いやいや、似とる似とる」

主がそう言って笑うのに、和鷹は「そうかなぁ？」と首を傾げたが、思い出したように聞いた。

「おじいちゃん、あれから防犯カメラちゃんと動いてる？」

和鷹の言葉に、畑の主はにこやかに頷いた。

「ああ、ああ。ちゃんと動いとる。すまんかったなあ、接触が悪かったくらいでわざわざ呼び出して」

「ううん、外で使う機械はどうしても埃《ほこり》とか雨とかで調子悪くなっちゃうことも多いから、そういうんじゃなくてよかったよ」

和鷹が言うと、

「カメラって、防犯カメラですよね。おじいちゃんちのカメラ、おかしくなっちゃったんですか？」

小梅が聞いた。

「んー、接触が悪くなってただけで心配ないよ」

和鷹の説明に小梅は安心したような顔をした。

「よかった。最近、悪い人多いから、カメラがちゃんと映ってないと大変です」

「悪い人が多い？　……このあたり、盗難被害とか多いんですか？」

気になって奏多は聞いた。

のどかに見えるのに、意外だったからだ。

「去年、隣町でサツマイモの収穫時期に、夜中にほぼ根こそぎ畑のやつを持っていかれたって事件が起きて、それでこっちでも自衛しなきゃねって青年会で話をして、防犯カメラを取りつけたんだよね。目立つとこにはダミーを取りつけて抑止力にして、あとは何箇所かに本物取りつけて二十四時間監視って感じ。まあ、このあたりは動物被害ばっかりだけどね」

そう聞いて、奏多はほっとした。

和鷹や小梅、それにメルがいるこの地域が、あまり剣呑《けんのん》な場所であってほしくないからだ。

それから小一時間収穫を手伝い、もらって帰る籠がいっぱいになったので、奏多はそれを道路に置いてきた一輪車に積みに行った。

和鷹、ショウ、メルの三人は出荷用コンテナを運んでいて、奏多が持ち帰りの籠を手にした時、後で運ぶからと言われたのだが、持ってみるとさほど重たくはなかったので、持っていくことにしたのだ。

奏多が一人、籠を持って隣家との間の路地を抜けて、表の道路に置いた一輪車に戻ってきた時、

「おい、新城」

聞きたくない声が、奏多を呼びとめた。

途端、胃の下あたりがモヤモヤとし始める。

逃げ出したいのに、動けなくて、じっとそこにいるしかない。

そんな奏多に、近づいてくる気配があり、そして視界にその姿が入りこんだ。

「しーんーじょーおー、無視すんなよ？　それともあれか？　ＦＪＫに入ったら、俺らのことなんか忘れましたーって？　冷てぇなぁ。三年？　二年だっけ？　まあ、どっちでもいいけど、再就職してからまだ三ヶ月かそこらだろ？　それより俺らの方が付き合い長ぇよなぁ？」

あごの下だけ軽くはやしたヒゲと、軽薄そうな茶髪。

ニヤニヤと笑いながら話しかけてくる石原の顔は、完全にいたぶる獲物を見つけた獣のようだった。

「藤木と仲いいんだなあ？　後輩ってだけじゃなくイイ仲なんじゃねぇの？」

「何を……」

「いやいや、おまえ可愛い顔してるし？　泣き顔そそるーなんて奴も前はいたし？　まあそれはいいとして、隠居先まで遊びに来るくらい仲いいんだろ？　ちょっと口利きしてくれよ。昨日の様子見てると、おまえ、相当大事にされてるし？　ちょっと甘えておねだりしたら言うこときいてくれんじゃねえの？」

「そんなわけ……」

「あるっしょ？　隠居先にまで呼びよせるくらいの可愛い後輩なんだし、できるよなぁ？　別におまえと藤木がどういう仲でもかまわねぇって。そのあたりジユーレンアイってやつだし」

何か言おうとするたび、畳みかけるように話して来て、言い返す間を与えない。

こういうやり口でいつも奏多の言葉を封じてきた。

それを思い出した瞬間、奏多の中に込み上げてきたのは、恐れではなく、怒りだった。

「ふざけたこと言わないでください！　僕はもう、あなたの会社の人間じゃない。あの会社やあなた方がどうなろうと僕の知ったことじゃない。すべて、あなた方がやってきたことの結果です。もう、僕に関わらないでください！」

しゃべり続ける石原の言葉をさえぎるように、奏多は一気に言い募った。

「はァ……？　おまえ、誰に向かって……」

すごむような声で石原が言い、奏多に向かって一歩踏み出した時、

「奏多さーん、新しいお野菜もらいましたよー」

路地の奥から、小梅が両手に持った野菜を振りながら小走りにやってきた。それに石原は小さく舌打ちをすると、立ち去った。

小梅が奏多のそばに来た時、石原の姿はすでになかったのだが、立ち去る姿が見えていたらしく、

「奏多さん、さっき誰とお話ししてたんですか？」

そう聞いてきた。

昨日、カフェで小梅も石原たちと顔を合わせていた可能性は高く、近くであれば石原だと気づいたかもしれないが、今は遠かったこともあり分からなかったようだ。

「誰だろ？　道を聞かれたんだけど、僕も分からないって答えたら行っちゃった」

誤魔化した奏多の言葉に小梅は納得できなさそうな顔をしていたが、

「小梅ちゃん、その野菜、何？　小松菜にしては茎が立派だし……」

「チンゲン菜です。癖がなくておいしいって」

小梅はすぐに変わった話に乗ってきた。

「ああ、チンゲン菜か。中華料理でよく出てくる気がする」

「奏多さん、食べたことあるんですか？」

「うん、お惣菜《そうざい》なんかでも使われてたりするよ」

そのまましばらくの間、小梅と二人で話しながら、他のメンツが揃うのを待った。

ほどなく、三人が戻ってきて家路についた。

生活道路程度の幅の道は、場所によっては車が対向できないほどで、五人は一列に並んで歩いた。先頭を行くのは野菜の載った一輪車を押すショウで、そのすぐ後を小梅と和鷹が、少し間を置いて奏多、そして最後尾にメルがついた。

道の両側の一段低くなった場所には田畑が広がり、田の稲穂はすでに刈り取られているものの、畑には収穫期を迎えた様々な野菜が育てられているのが見える。

これらが全部収穫された頃、冬が来るのだろう。

その頃、自分はどこにいるのだろう。

そんなことをぼんやりと考えながら歩いていた時、ギュイン、とアクセルを踏み込む音が聞こえた。

その音を奏多が、確認する間もなく、

「奏多さん！」

言葉とともに、後ろから来たメルに奏多は突き飛ばされた。

バランスを崩した奏多は足を踏み外して緩やかな土手を転がり落ちる。ほぼそれと同時に、ドン、と何かがぶつかった音が聞こえた。

何が起きたのか分からないまま、土手に落ちた奏多が体を起こした時、ドサっと鈍い音とともに、奏多の視線の少し先にメルが落ちてきた。

そう、まるで、物のように、落ちてきたのだ。

「…メルさん……」

事態がのみこめず、奏多はただ目を見開く。

車が急発進する音が聞こえ、続いて、和鷹たちの切迫した声が聞こえてきた。

「カナちゃん、メル！」

「大丈夫ですか！」

土手をかけ下りてくる足音がしても、奏多には状況が全く理解できなかった。

「カナちゃん、大丈夫？　怪我《けが》はしてない？　足は動かせる？　手は？」

目の前に膝をついた和鷹が奏多の様子を探る。

「だ…大丈夫、です……」

そう返したものの、奏多の視線の先では小梅とショウが横たわったままのメルのそばに寄り添って声をかけたりしているがメルの反応がない。

「メル、しっかりしてください」

「メル、聞こえるか？」

だが、メルが答える気配はなく、奏多の全身から血の気が引いた。

覚えているのは、アクセルを踏み込むような車の音。

確認するより先に後ろから走ってきたメルに突き飛ばされて――。

もしかしたら、車に轢《ひ》かれそうになった自分を、メルは庇ったのかもしれない。

その認識に辿りついた途端、奏多の体が震えだした。

「メ……メルさん、が」

視界が歪んでぶれる。自分の目から涙が溢れているのに奏多は初めて気づいた。

「カナちゃん、落ち着いて。大丈夫だから」

そう言われても、大丈夫だなんて思えなかった。

動こうとしないメルの姿に、最悪の事態が脳裏をよぎる。その時、

「……っ…」

小さく呻《うめ》く声と同時に、わずかにメルの手が動いた。

「メル、気がつきましたか！　和鷹さん、メルが目を開けました」

小梅が和鷹を振り返る。和鷹は奏多に、「大丈夫だから」ともう一度繰り返すと、メルのもとに向かった。

「メル、これ見える？　何本？」

和鷹は手をメルの前にかざして意識のレベルなどをはかっている様子だ。

「…三……っふ、げふっ、…っ」

答えようとしてメルは咳き込む。それでもなお、メルは話そうとする。

「…かな……っ…さん、は……無事、ですか……」

「奏多さんは大丈夫です！」

小梅がはっきりというと、少し安堵したような顔を見せたが、また咳き込んだ。その時に血のようなものが、口から溢れたのが見えた。

「……っ…救急車…」

どう見たって怪我をしているし、そうでなくても車と接触したのは明らかだ。それで一時的にで

も意識がなかったのだから救急車を要請して当たり前だと思う。だが、

「カナちゃん、待って。……救急車は、マズいから」

和鷹は奏多を止めた。

「マズいって、どうして！　メルさん、怪我してるのに！　メルさんに何かあったら！」

「落ち着いて、カナちゃん。とにかく、救急車はダメなんだ。ショウちゃん、蔵へ急ごう。メル、つらいかもだけど、ショウちゃんの背中に」

和鷹はなぜか奏多の言葉を聞き入れようとしなかった。

それなら、勝手に呼ぶしかないと思ったが、携帯電話を家に置いて来ているのに奏多はここで初めて気づいた。

前はどこに行くにも持ち歩いていたのだが、こっちに来てからは連絡が入ることも滅多になくて、なくても別に困らなかったから、部屋に置いたままにしていた。

「奏多さん、大丈夫です。……家に、帰りましょう」

小梅が奏多の手を掴んで引っ張る。

「……小梅ちゃん…どうして……」

口から血を吐きだすような怪我をしているのに。

どうして救急車を呼ばないのか。

動かしたほうが危ないいんじゃないのか。

そして、メルは大丈夫なのか。

いろいろ聞きたいことはあるのに、言葉が出てこなかった。

「メルは、大丈夫です！　行きましょう！」

見れば、小梅の目にも涙が溜《た》まっていた。

奏多は溢れ続ける涙をもう片方の手で拭い、立ち上がると、小梅に手を引かれるまま、家へと急ぐショウと和鷹の後を追った。


蔵に入るのは、奏多は初めてだった。

同居人の大半がここを居住スペースとして使っていると聞いていたので、プライベートルームにも近いその場所に気軽に踏み入れることはためらわれたし、蔵に来る用事もなかったからだ。

蔵の座敷スペースには、みんなが集まっていた。

そこに突然、ショウに背負われて帰ってきたメルの惨状に、誰もが息を呑んだ。

「一体、何が……」

伯爵が問う。

「帰り道で車が突っ込んで来て、カナちゃんを庇ってメルが……。ごめん、ちょっとそこ、座布団積んで寄りかかれるようにしたげて。さっき血を吐いちゃってたから、寝かせるより、体起こしといたほうがいいと思う」

和鷹は説明しながら指示を出す。それにすぐメルが寄りかかれるように座布団などが積み上げられる。

「チャーリー、奥からメルの瓶を」

紫の言葉にチャーリーがすぐに動く。

ショウの背中からおろされ、積み上げられた座布団に体を預け、ぐったりとした様子のメルの顔色は青白く血の気が引いていた。

「メル、大丈夫か？」

「……大、丈夫…ですよ……」

様子を窺う男爵の声に、メルは朦朧《もうろう》とした様子で目を開いた。

言って咳き込み、また口元を押さえる。血を吐いた様子だった。

「強がるな。大丈夫じゃないだろう」

男爵は言うが、メルは焦点の定まりきらない様子で視線をさまよわせながら言った。

「大丈夫です…よ……。どうせ…、大量流通品、です…から。……私、に何か、ぁっ…ても、新し…ワイン……、買ってくれば…元どおり……、別の私が出て、き…ます……よ」

どこか自虐めいて聞こえる声。

だが、奏多には何を言っているのかが全く意味不明だった。

――大量流通品？　別の私？　……一体、どういう…。

すべてが謎でしかなくて、疑問符で埋め尽くされる奏多の目の前で、メルに膝で歩み寄った紫がいきなり彼の頬を平手打ちした。

パァン、と乾いた音が蔵に響く。

「紫！」

「紫、怪我人に何を！」

小梅と殿が当然のごとく紫を非難する。

しかし、怪我人にさらに追い打ちの鬼畜行為をやってのけた紫は、

「だからグーじゃなく、平手にしてあげたでしょう」

悪びれもせず言い切った後、メルに向き直ると、

「いつまでもゴチャゴチャゴチャゴチャ、どうでもいいことにこだわってうるさいんですよ！　飲まれもせずにお飾りにされるのが正しい生き方だとでも思ってるんですか？」

キレた。その言葉にメルが視線を紫に向ける。何かを言いたげに唇を震わせたが、話せないほどつらいのか、それとも感情が言葉にならないのか、何も言わなかった。

それを見やって、

「さっさと本体に戻って休みなさい。話はあなたのオツムが冷えてからです！」

紫はそう言うと、チャーリーが手にしているワインボトル――奏多もよくスーパーで見かける国産の手ごろなテーブルワインだ――を預かり、メルの目の前に出す。

それにメルは唇を噛みしめた後、ふっと目を伏せると、まるで魔法のようにすうっとその姿を消した。

「……っ…メルさん……！」

悲鳴じみた奏多の声が蔵に響く。

その声に、全員がハッとして奏多を見た。

メルのあまりの惨状に忘れていたが、奏多も蔵に来ていたのだ。

そして、奏多に自分たちの正体は明かしていない。

「あーあ……、やっちゃった」

その中、和鷹が天を仰いで、ため息交じりに言った。

「やっちゃたって……、メルさんは…メルさんはどこに行ったんですか！」

半ば恐慌状態に陥った状態で問いただす奏多に、和鷹は「落ち着いて」と声をかけた後、すぐに続けた。

「ここにいる俺以外、みんな人間じゃないんだ」

「……何を、急に……」

にわかには信じられない言葉に、奏多は戸惑うしかない。戸惑うというよりも、二次元世界でしかあり得ないようなことをいきなり言われて、信じろというほうが無理だ。

「信じられないとは思いますけれど、本当なんですよ。私は、この蔵で大事にされてきたヴィンテージワインを本体とする者です」

紫が言うと、続いて伯爵がブランデーだと言いだし、男爵はウィスキーだと名乗る。殿は日本酒、チャーリーは発泡酒、ショウは焼酎で、そして小梅は、和鷹の祖母が二十年前、亡くなった年に漬けた最後の梅酒の精だと言った。

「そんな……嘘、ですよね？　僕をからかって……」

説明されても信じられなくて、和鷹を見る。だが和鷹は、

「信じられなくて当然だと思うんだけど、でも、そうじゃなきゃ、メルが消えちゃった理由も説明つかなくない？」

逆に問い返してきた。

確かにそうだ。消えてしまったメルはどこに行ったのだろう。

怪我は大丈夫なのだろうか？

途端に心配になった。

「とりあえず、カナちゃん、ちょっと来て。あと、小梅も一緒に」

和鷹はそう言うと、座敷スペースを出て、蔵の奥にある和鷹の祖父の酒のコレクションが収めてある管理スペースへと向かった。

堅牢な造りの蔵は、比較的外の気温に左右されづらいが、さらに管理スペースは独立した造りで、その中は一年中、二十度前後に管理されていた。

和鷹が来るようにと呼んだのは奏多と小梅だけだったのだが、起きることを心配してか、結局全員がついてきた。

和鷹は管理スペースの棚の一角で足を止めると、手書きで「小梅」とラベリングされた一本の焼酎瓶を指差した。

「これが、小梅の本体。小梅、カナちゃんにここに戻るところ、見せたげてくれる？」

和鷹の言葉に小梅は頷くと、焼酎瓶の置かれた棚の前に進み出て、それから奏多を見た。

「見ててくださいね？」

そう言うと、さっきのメルと同じように、小梅はすぅっと瓶の中に吸い込まれるように姿を消した。

「……消えた……」

茫然と呟く奏多に、

「すぐ、戻ってこられるよ」

和鷹は言うと、「小梅、出てきて」と瓶に声をかけた。

すると、棚の前へ、霧が実体化するように小梅が姿を見せた。

「信じてもらえましたか？」

小梅が小首を傾げて、奏多を見る。

その目は、不安そうに見えた。

「……薄気味の悪い存在だと思われても仕方がないことだと思うがな」

男爵が言うのに、奏多は慌てて頭を横に振った。

「そんなふうには思ってません……！　ただ…想像すらしなかったことなので、驚いて」

「まあ、そうでしょうね。そうでなければ自分の頭がおかしくなったと思うでしょうし。……でも、本当なんですよ。私の本体はこれです」

紫はそう言って、別の棚に置かれていたワインを指差す。

見えたラベルは、さほどワインに詳しくない奏多でも知っている有名な銘柄だった。

「当たり年のヴィンテージ、まあ、市場価格は御想像にお任せしますけれど」

そう言った後、自分の隣の空いたスペースに手にしたメルのワインを置いた。

「同じワイン同士で実体化したのも何かの縁と思って、隣を空けてあげたのに、あの子、嫌がって自分を卑下するみたいに下のほうに置くんですよ。本体に戻ってる今なら、どうにもできませんからね。ザマーミロってことです」

「うわー、ゆかりん、ツンデレ属性炸裂《さくれつ》してるよねー」

「は？　何を言ってるんです？　私はいつでも優しいじゃないですか」

和鷹の言葉に眉間《みけん》に皺を寄せ、紫が言う。その紫に、奏多は聞いた。

「メルさんは……戻ってくるんですよね？　いつ、戻ってくるんですか？」

奏多の問いに、紫は少し考えるような間を置いて答えた。

「分かりません。明日になるのか、一週間先になるか、一年先になるか……」

「そんな……」

それは思ってもいなかった返事だった。

「結構酷い怪我みたいだったからね。……メルくんがどの程度で回復するかは僕たちでも読めないんだよ。……待つことしか、できないかな」

伯爵の言葉に奏多は愕然《がくぜん》とした。

「カナちゃん、そんな顔、しないの。メルは帰ってくるから。絶対に帰ってくるから」

和鷹はそう言ってくれたが、それだって何の根拠もない言葉だ。

でも、今はそう思うしかないことも分かっていた。

「ここ、冷えるからそろそろ出ようか。じゃあね、メル。焦んなくていいけど、でもできるだけ早めに怪我治して出といで」

和鷹はメルのボトルにそう声をかけると、みんなを促して管理スペースを出た。

そして再び戻ってきた座敷で、言った。

「とりあえず、メルは回復待ちするしかないけど、俺、今回の件、結構怒ってるんだよね」

「メルが庇わなかったら、奏多さんが大怪我してました！」

小梅も憤慨した様子で言う。

「ようするに轢《ひ》き逃げっていうか当て逃げっていうか、そういうのっスよね」

「あと、明らかに怪我させてるって分かってるのに逃げてるなら救護義務違反とかっていうのもあるんじゃなかったかな。ただ……メルが被害者ってことは事故として申告はできないが」

チャーリーと殿が見解を述べる。

「っていうか、轢き逃げなら、相手の特定ができないんじゃゃ？」

基本的なことを聞いたのは紫だ。

「正確なナンバーは覚えてないけど、東京《とうきょう》ナンバーだった」

和鷹のその言葉に、小梅が目を見開いた。

「あ！　帰る前に奏多さんに話しかけてた人、昨日カフェに来たお客さんでした！」

「小梅、どういうこと？　カナちゃん、誰かに会ったの？」

和鷹が小梅と奏多を交互に見る。

「奏多さんが先に一輪車に野菜を載せに行って、僕が後から追いかけていった時、奏多さんが何だか怖い顔をして、その人に何か言ってたんです。どこかで見たことある気がしたけど、奏多さん、道を聞かれただけだって……」

小梅の話を聞いた後、全員の視線が奏多に向いた。もう、誤魔化していられる話ではなくなった。

「……昨日、カフェへ藤木先輩に話をしにきたうちの一人の……石原さんに、声をかけられたんです。藤木先輩に、口利きをしてくれって言われて……断ったんです。その時に小梅ちゃんが来て、石原さんは帰りました」

「断られたことにキレて衝動的にカナちゃんを狙ったって可能性が高いのかな。もちろん、東京ナンバーの車ってだけじゃ立証できないけど、街道沿いにつけてる防犯カメラに映ってるだろうし……」

和鷹はそう言うと立ち上がった。

「録画データの回収に行ってくる。十中八九、カナちゃん狙いで間違いないと思うけど、証拠があればいくらでも締めあげられるから」

そう言った和鷹は、いつもとは違う表情をしていた。

奏多のあまり見たことのない、冷徹な表情だった。

そのまま座敷を降りてデータ回収に向かう和鷹に、小梅もついて行く。その和鷹を奏多は呼びとめた。

「藤木先輩」

「何？」

振り返った顔は、いつもの和鷹だった。

「……僕、ここにいてもいいですか？　…メルさんが帰ってくるまで、できるだけそばにいたいんです」

「それは別にいいよ？　でも、みんな一緒だから雑魚《ざこ》寝っぽくなるけど、人の気配あっても平気？　最近、みんな本体に戻らないで寝ちゃってるみたいだし」

和鷹の言葉に、「多くて週の半分くらいだよ」と小声で伯爵は反論していたが、

「大丈夫です。みなさんも、いいですか？　僕がここにいても」

奏多が願い出ると、全員、快く頷いて受け入れてくれた。

それを見届けてから、和鷹は改めて「じゃあ行ってくるねー」と言い残し、小梅と一緒に蔵を出ていった。

◇◆◇

「奏多殿、食事を持ってきたから、座敷に」

管理スペースの中、メルのボトルが置かれた棚の前に置いた厚手のクッションに座した奏多に、ショウが声をかけた。

「ショウさん……、もう、そんな時間ですか？」

「そう、もうそんな時間だ。奏多殿は、朝食を食べてからずっとこちらのようだが……」

呆れを含んだ声音のショウに、奏多はすみません、と謝る。

メルがボトルの中に戻って、四日が過ぎた。

あれから奏多はずっとこの蔵にいる。

最初は、座敷スペースにいることが多かったのだが、メルが戻った時にすぐに会いたくて、管理スペースにいることが徐々に多くなった。

ただ、管理スペースは寒いので、あまり長時間いると冷えすぎて体調を崩す元になると注意され、一時間たったら一度出て、熱いお茶を飲むようにと言い渡されていた。

しかし、少しでも離れているうちにメルが戻ってきたらと思うと離れがたくて、約束はなかなか守ることができず、男爵や殿に雷を落とされることも多い。

『メルが戻ってきた時に君が寝こむような状態じゃ仕方がないだろう』

と、もっともなことを言われるのだが、それでも、やはり離れたくなかった。

「奏多殿の気持ちも分からんわけじゃないからな。だが、奏多殿が思う以上に冷えているから、食事はしっかり取ってくれ。そうじゃないと、体は冷える一方だ」

ショウは口うるさく叱るほうではない。むしろ気遣ってくれるのだが、そうされると逆に自分の我儘を思い知らされるような気がして、奏多はショウと一緒に管理スペースを出て座敷に戻った。

食事も、たいして離れているわけではないのだから母屋に食べに戻ればいいのだが、食事の間中、奏多がそわそわしているのを見て、こっちに運んでくれるようになった。

「僕…、我儘を通してばかりですね」

食事をしながら、奏多は呟く。

それにショウは首を傾げた。

「別にこれくらいのことは、我儘に入らんだろう。それに、メルを思ってのことだ。みんな口には出さんが、奏多殿がメルを気にかけてそばにいてくれることには感謝している。……あれが、引け目を感じていることには気づいていたんだが、結局、何もしてやれなかったからな」

ショウはそう言うと、奏多の頭を、小梅によくしているように撫でると、立ち上がり蔵を出ていった。

奏多は食事を終えると、すぐに管理スペースに戻った。

そして、そっとメルのボトルに触れて、声をかける。

「メルさん、怪我の具合はどうですか？　……みんな、メルさんのこと、心配してます。急がなくていいけど……でも、早く会いたいです」

会ったら、もう一度、ちゃんと気持ちを伝えよう。

その結果がどうでも、もう一度。

それだけは、決めていた。

それから二日が過ぎてもメルは戻ってこなかった。

管理スペースに入ったきりになっても、もう男爵も殿も奏多を叱ることはせず、代わりに毛布やカイロを持たせる始末だ。

「メルさん……会いたいよ…」

メルのボトルを見上げて呟く。

このまま、ここでメルのボトルを見つめたまま石になってもいい。

メルが目覚めた時に、石になった自分を見て、メルはなんて言うだろう。

馬鹿な奴だと笑うだろうか。

憐れんでくれるだろうか。

そして、少しでも触れてくれるだろうか。

そんなことをつらつらと考えて――


「奏多さん、しっかりしてください。奏多さん！」

温かな何かに包まれながら揺らされて、奏多はいつの間にか深い眠りに落ちていた意識を浮上させ、目を開く。

「奏多さん！」

聞こえたのは、ずっと待っていた人の声だった。

その声に顔を上げると、驚くほど近くにメルの顔があった。

「…ェウさ……」

メルさん、と呼ぼうとしたのに、ろれつが怪しかった。どうして、と思う奏多に、

「あんなところで寝てしまうなんて！　低体温症になりかかってたんですよ！」

しっかりと奏多の体を抱きしめながら、メルは怒る。

奏多の体にメルの優しい温かさがゆっくりと伝わって――奏多はメルが戻ってきたことにここで気づいた。

「……えぅ、さ…」

「…遅くなって、すみません」

そして、帰ってきました、と耳元に囁《ささや》いたメルの声に、奏多の涙腺《るいせん》が決壊した。

「……っ……う、さ…っ……！　め…っ…ぅ……」

しゃくりあげるのと、冷え切りろれつが怪しいままで、まともにしゃべることができずに、奏多はメルに抱きついて、号泣した。

そんな奏多を、メルはただじっと抱きしめていた。

8

「だから、管理スペースに長居するなと言っておいただろう」

「たまたまメルが戻ってきたから大事には至らなかったけれど、今日はカフェの日だし、もしかしたら夕餉《ゆうげ》前まで管理スペースで寝たままだったかもしれないんだよ？　もしそうだったら、低体温症がどこまで進んでいたか！」

全員が集合した蔵の座敷スペースで、背中に二枚、両方の靴下にも使い捨てカイロを貼られた上、毛布でしっかりとくるまれた状態で正座した奏多は、仁王立ちの男爵と殿に説教をくらっていた。

「……すみません…」

長時間、管理スペースにいることは容認されてはいたものの、さすがにそこで寝てしまって命の危険を招いたことは、叱られて当然のことだった。

「もう、いいじゃないですか。奏多さんは無事だし、メルだって帰ってきたんですから」

怒る男爵と殿を宥《なだ》めようと小梅が言う。だが、その小梅の言葉で、

「そもそもメル、おまえがあと一日早く戻って来ていればこんなことにはならなかったんだ」

男爵の怒りの矛先がメルに向いた。

「申し訳ありません……」

なぜか奏多の隣に同じく正座していたメルも謝る。

「まあ、その辺でいいじゃん。カナちゃんも大したことなかったし、メルも戻ってきたし」

まだまだ説教が続きそうな状況に割って入ったのは和鷹だ。

「君は甘い」

殿は言うが、

「じゃあ、説教は後で続けていいから、とりあえず、いったん中断して。俺のほうもやっと一段落して、カナちゃんにいろいろ報告しなきゃいけないことあるし」

和鷹はそう返して、殿と男爵の説教タイムを一時停止させた。そして、仁王立ちの二人に座るように促すと、奏多に視線を向け、続けた。

「で、カナちゃんに報告なんだけど、轢き逃げ事件の話。あれ、防犯カメラに車のナンバーも、カナちゃんに突っ込んでいこうとした時の様子も、全部バッチリ映ってた」

言い逃れができないほど鮮明に映っていたらしい。

それをもとに、石原本人を通り越して即座にエンパイアゲームズの上層部に連絡を取った。

社員が起こした轢き逃げ事故――それも故意に当てようとしているので、殺人未遂としての立件も可能だ――は表沙汰《ざた》になれば当然スキャンダルになる。

犯行動機などが明らかになれば、経営的にガタついているエンパイア側には痛手どころではないだろう。

「うちとしても、カナちゃんを取り調べだ何だでこれ以上精神的に疲弊させたくないし、庇って怪我をしたメルも奇跡的に軽い怪我ですんでるから、表沙汰にはしないつもりだって言ったら、なんかすごい感謝されちゃって。感謝されてるなら、ある程度こっちのお願い聞いてもらえるよねーって思って、いろいろお願いしたら快く聞き入れてもらえたって感じ」

「……和鷹くん、それ、脅したんだよね？」

とりあえず、伯爵が突っ込んだ。

「え？　違うよ？　円満な話し合いの結果、こっちも譲歩するから譲歩する分、こっちの条件呑んでって、お願いしたんだよ？」

穏やかな笑顔で和鷹は言うが、全員『目が笑ってない』と心の内で突っ込む。

「あの……その条件っていうのは…？」

とりあえず奏多が話の先を促すと、和鷹は頷いて続けた。

「まず、俺と組んでくれって申し出は全力でお断りで、今後一切、俺とカナちゃん、それからカフェの従業員には接触しないでくれって。カフェへの来店も一切お断り。ちょっとでもなんかあったら…たとえばネットで変な噂が立つとか、そういうことでも即表沙汰にするって感じかな。それから石原は一生そっちで飼い殺しにしてほしいって。まあ、飼い殺しにしてもらうために、エンパイアの倒産は避けたいっていうのがこっちの本音なんだけどね。で、相手の言質《げんち》だけじゃ心もとなかったから、ついでにちょっといろいろ手を回しといた」

和鷹が穏やかな笑顔で言えば言うほど、えげつない手を使ったんだろうなと思えて仕方がない。

ＦＪＫの藤木と言えば、本人は認めようとしないが敏腕経営者として有名だった。

無論、敏腕と言われる所以《ゆえん》となった実績の中には「容赦がない」という部分も当然あって、和鷹が社長業を退き、同時に業界からも身を退いた時に安堵した企業は一つや二つではないという噂がある。

しかし、和鷹が手に入れたコネなどをはじめとした様々な力は、決して自分のエゴなどのためにではなく、自分が大事だと思う人のために使われるということを、大学で知り合ってから、和鷹が社長をやめるまでの二年足らずの付き合いの中でも奏多は知っていた。

和鷹だけではなく、ＦＪＫの立ち上げメンバーは全員そんな人ばかりだった。

だから、康平も奏多のことを気にかけ、和鷹もこうして奏多を守ってくれる。

「だから、カナちゃんは何もしなくていいからねー？」

ニコニコ笑顔で言ってくる和鷹に、奏多は心から「ありがとうございます」と礼を言った。

こうして、轢き逃げ事件については一応決着を見たのだが、

「で、もう一つあってメルのことなんだけど……、メル、体はもう全然大丈夫？」

和鷹は相変わらず、奏多の隣で正座のままのメルに聞いた。

「……はい。ご迷惑をおかけして申し訳ありません」

メルは畳に手をつき、深く頭を下げた。

「メル、そんなことしなくていいって。頭上げて。むしろ、メルには感謝しかしてないから。メルがいなかったら、今頃カナちゃん、よくて病院だからね」

悪かった場合のことは、メルのあの時の状態を見れば、言わずもがなだろう。

「僕がこうしていられるのは、本当に、メルさんのおかげです。ありがとうございます、なんて簡

単な言葉ですませられることじゃないけど……ありがとうございます」

奏多も礼を言う。それは紛れもない本心だ。

その言葉に、メルはゆっくりと頭を上げた。

和鷹はメルをまっすぐに見て、聞いた。

「メルがここに来てくれて、俺は嬉しかったっていうか、楽しかったし、カナちゃんのことでもお世話になったし、すごい感謝してる。……でも、メルはわりと無理してたんだなって思って。……メルは、これからどうしたい？」

和鷹の問いに、メルは少し間を置いてから問い返した。

「……どうしたい、とは？」

「んー、たとえばの話として、ワインの中で眠ったままでいるほうが気が楽ならそうしてもらっても構わないし、外には出たいけどカフェ手伝うのはヤだとか……端的に言うと、ゆかりんと一緒にいるとコンプレックス刺激されてつらいから嫌だっていうなら、基本母屋で生活してもらってもいいし、このあたり、空き家になってる家多いから、そこ借り上げて、そっちに住んでもらってもいいし……まあ、いろいろ？　要望によって柔軟に対応はするつもりだけど」

和鷹の言葉にメルはしばらく考えるような顔をし、そして口を開いた。

「……同じワインであるのに、紫さんと相いれず、別のワインとしてこの姿を持ったことに対して、劣等感を抱いていたことは事実です。私の価値は人に楽しまれること。多くの人の楽しい時間に寄り添える存在であること。そういう存在だということは充分理解しています。だから、この姿になっても人に楽しんでもらえるように、努力をしたつもりでした」

「メルはいつも頑張ってましたよ！　お客さまだって、メルのこと大好きです」

「そうっスよー。メルさんが休みの日とか、姿が見えないと気にするお客さんいっぱいいるんスから」

小梅とチャーリーがフォローするように言う。

それにメルは半分何かを諦《あきら》めたような笑みを浮かべた。

「ありがとうございます。……でも、自分の中では違和感が広がってどうしようもなかったんです。何をどれほど頑張っても、紫さんに並ぶことすらできない。……そんな思いがどんどん自分の中で鬱屈《うっくつ》して……」

メルがそこまで言った時、紫が盛大なため息をついた。

「そんなことだろうと思ってましたよ。いいですか、メル。あなたもさっき言っていたように、私たちの存在価値は『人に楽しまれること』です。無論、いろんな状況で飲まれることがあります。それでも、その瞬間、飲む人たちに癒《いや》しを与えるものでありたい、そして欲を言えば元気になってもらいたい。そう願い、おいしい、と言われればそれが最上でしょう？　むしろ、おいしいと、そう言ってもらうためだけの存在かもしれません。そういう意味では妙な価値づけをされて、飲まれずに飾られたままの私にどんな意味があるっていうんです？　お飾りでしかない私より、あなたのほうがはるかにまっとうだと思いますけれどね」

紫の言葉に、酒たちがおおいに頷く中、

「え、じゃあ、ゆかりん、飲んでもいいの？」

和鷹は驚き交じりで問い返した。それに対する紫の返事は、

「嫌です」

驚くほどの即答だった。

「さっきと言うこと、違うじゃん！」

和鷹がブーイングを返すが、

「どうせなら、忠昭に飲んでほしかったんです。あの人の舌は信用できましたから」

戻ってきた紫の言葉には、納得せざるを得ない様子で、

「じいちゃんとくらべられたらなぁ……」

と、諦める様子を見せた。

紫は和鷹の様子に多少呆れたような様子を見せた後、視線をメルへと戻した。

「日本にワインの文化が根付いたのは、あなたの功績だってあるでしょうに。卑下する必要なんてどこにもないんですよ。チャーリーみたいに堂々としてなさい」

いきなり引き合いに出された発泡酒のチャーリーは、

「なんか、地味にディスってないです？」

承諾しかねる、という様子で返すが、

「捉え方の問題でしょう。多くの人に支持されていることを誇りなさい」

紫はしれっと、しかし正論を返し、他の酒たちも頷く。

だが、メルにはやはり思うところがあるらしく、

「メルくん。君が時折悩んでいるような様子があるのには気づいてたんだ。でも、人の姿になって間がないし、慣れないこともあって、戸惑っているんだと思ってた。……まさか存在の根幹について悩んでるなんて思わなくて……気づいてあげられなくて、ごめん」

伯爵がみんなの言葉を代弁するように言った。

「いいえ、私が勝手に悩んでいただけです」

「それでも、だよ。仲間なんだから」

「仲間……」

メルは虚《きょ》をつかれたような顔で呟いた。

そのメルに、和鷹が言った。

「わだかまりみたいなもんは、すぐには解けないかもだけど、メルさえよかったら、これからもここで一緒に生活していこ？」

その言葉に、メルは頷いた。

「……よろしく、お願いします」

返ってきた言葉に和鷹は満足したように頷いて、

「うん、こっちこそ、よろしく。……で、メルにはちょっと確認っていうか、しときたい話っていうか、そういうのがあるから、ちょっと一緒に来てくれる？」

立ち上がると母屋へと向かう。それにメルは少し奏多の様子を気にしながら立ち上がり、和鷹と

一緒に蔵を後にした。

それを見送った奏多に、

「……奏多さん、メル、元気になってよかったですね」

小梅はニコニコ笑顔で言った。

「……うん」

それに少し笑顔で頷き返した奏多に、

「さて、和鷹くんの話も終わったことだし、奏多くん、説教の続きだ」

殿が言い、男爵も頷いた。

それから十五分ほど、奏多は二人から追加の説教を受けたが、その説教の間も、そして殿から言い渡された罰としての写経の間も、奏多はメルが自分のことをどう思っているのか、そのことが気になって仕方がなかった。

◇◆◇

「送信完了……と」

和鷹のパソコンから、描き終えたイラストのデータを会社へと送信する。

「おつかれさまー」

パソコンを貸してくれた和鷹が、笑顔で労《ねぎら》ってきた。

穏やかな昼下がり。

カフェオープン日で、母屋にいるのは奏多と和鷹だけだ。

基本、接客をしないショウと、ローテーションで非番の殿は蔵で将棋の対戦中だ。

「ありがとうございます。とりあえず返事が来るまで、時間があるのでその間にこの前先輩に頼まれてた日本酒のラベル、考えますね」

「ごめんねー、仕事も忙しいのに頼んじゃって」

「いえ。面白そうですから」

メルが帰ってきてから一週間。

何事もなかったかのように、日常が戻ってきて、時間が過ぎていく。

奏多はこの家の住人をモデルに女性キャラを展開させたり、王子様に仕立ててみたりしたイラストを描いた。それがさっき送信したものだ。

その間に、和鷹からは、日本酒のラベル作りを依頼されていた。

経営支援をすることになった酒蔵で気に入った銘柄があるらしく、それをＦＪＫでリリースしているゲームでコラボさせないかと康平に持ちかけていたらしい。

そこからとんとん拍子に話が進んで、数量限定で販売することになったのだ。

既存の銘柄を使うと言っても、コラボ商品のためラベルは新規で描き下ろすことになり、基本的なデザインを任されたのが奏多だった。

「康平って、やっぱ鬼畜だと思うんだよね。全キャラを三つのグループに分けて、ラベル違いを作るとかって。好きキャラのいるラベルのだけ買う奴もいるだろうけど、コンプリート魂に火をつけられる奴だって当然いるじゃん。三本セット購入だと特典つけるとか言ってたし。そんなこと言われたら、三本買うに決まってんじゃん！」

「……買うんですね」

「うん。お酒自体も本当においしいんだよ。もともと経営状態はよかったから、今回ちょっと助けてあげれば大丈夫だと思うし」

可愛いラベル、期待してるね、と和鷹は緩い笑顔で言う。

それに頑張ります、と返して奏多は仕事をするために部屋に戻った。

一人になった部屋のちゃぶ台に向かい、奏多は小さく息を吐いた。

戻ってきたメルとは、普通に話すようになった。

ただ、奏多の告白に対する返事はないままで、このままなかったことにされるのかなと思う。

――それでも、いい。

メルが瓶に戻っていた間、待ちながらいろいろと考えた。

自分にとって一番つらいのは、「メルがいなくなること」だ。

たとえメルに想いを返してもらえなくても、メルがいるだけでいい。

それに、今はまだ目処はついていないけれど、精神的にも体調的にも落ち着いてきていて、そう遠くない未来に奏多は帰ることになるだろう。

帰れば忙しい日々で、そうそうここには来られなくなる。

ならば、答えがないままでもいい。

むしろ決定的な答えが出て——それがネガティブなものだった場合、自分の性格を考えてもここに来ることはもうないだろう。

それくらいなら、曖昧な今の関係のまま、時々、カフェに遊びに来るというような形がいい気がした。

もちろん、逃げな答えだということは分かっている。けれど、明確な答えが出ないほうがいいことだってあるのだと思い始めていた。

「勝手に好きになっただけ、だし」

メルがいる。

そのことの幸せを奏多は感じていた。


メルが奏多に会いに部屋に来たのは、それから数日が過ぎた夜、奏多が寝支度を整えた頃のことだった。

「少し、いいですか？」

「……はい」

答えるのに少し戸惑ったのは、引導を渡されると理解したからだ。

——勝手に好きでいられたのも、今日まで、か……。

そんなことを思いながら、奏多はメルを招き入れた。

「すみません、ちらかってて」

奏多はちゃぶ台の上に広げていたスケッチブックや、資料集、液晶タブレットなどを端に寄せる。

「お仕事をされていたんですか?」

「いえ……片づける無精をして、出しっぱなしにしてただけです。すみません、だらしなくて」

思い立った時にすぐに取りかかれるように、作業中は物を置いたままにしておく。それは奏多の通常の状態なのだが、無精者だと思われたかなと妙に心配になる。

多分、メルに悪く思われたくないからだ。

でも、それも多分、あと少しで終わるだろう。

——できるだけ、落ち込んだ顔をしないこと。

自分に言い聞かせて、奏多は座り直した。

メルは奏多の向かいに腰を下ろし、小さく息を吸ってから口を開いた。

「どこから話をすればいいのか分からないので、一番最初……奏多さんと会った時のことから話そうと思います」

メルはそう前置きをしてから続けた。

「玄関を開けて、門の前で奏多さんが立っているのを見た時、無条件に『守ってあげたい』と、思ったんです。守ってあげたい、なんておこがましいですが……あの時の奏多さんは、少し風が吹いただけでも倒れてしまいそうな危うさがあって……。取りたててどうということのない自分でも、風よけくらいにはなれるかと、そう思ったんです。だからできるだけそばにいたいと思ったし、できることがあるなら何でもしたかった。和鷹さんから、ご自身が不在の間の奏多さんのことを頼む、とは言われてはいましたが、もしそうでなくとも、同じようにしていたと思います」

思ったのと違う切り口で始まった話に、奏多は淡い期待を抱《いだ》きそうになる。しかし、

──ここから、弟みたいに思えて、とか、いい友達で、とかになるんだろうな。

可能性としては充分あるパターンで、奏多は期待を早めに打ち消した。

「ただ、そういう行動や考えが、自分の中のどんな気持ちから来ているかは、分かりませんでした」

続けられた言葉に、ああ、やっぱり、と密かに嘆息しながら、次の言葉を待つ。

「……夜、カフェに出かけた時、衝動的な行動をとってしまったことは、軽率だったと思っています」

──きた……。

一時的な気の迷いだった。

だから返事が遅れた。

そんな流れになるのだろうと奏多は思った。

だが、続けられたのは奏多の想いを裏切るものだった。

「ただ、あのことがあって、自分の中に恋愛感情なんてものもあるのかと分かりました。……この姿を取るようになって日が浅い私にとって、自分の中に湧き起こる感情がどういうものなのか分か

らないことも多かったんです。だからいろいろと本を読んだりしていたのは、様々な状況下でどんな感情が起こるのか、学ぶためでもありました。奏多さんのことを、そういう意味合いで思っているのだと、その時になって理解したんです」

メルの言葉に奏多は瞬きを繰り返した。

予想した言葉と、正反対の言葉をメルは言った。

——メルさんも、僕のことを……？

だが、メルの表情は浮かないもので、この後に続く言葉は最終的に奏多がずっと予想していたものになるのだろうと覚悟をする。

「ただ、私がいくら奏多さんを好きでも、奏多さんは人間で、私はそうではありません。行きつく先、というものが思い描けませんでした。もちろん、和鷹さんと小梅ちゃんという二人がいますが、容易にそうなれるとは思えませんでしたし、何より、奏多さんはいずれ帰ってしまわれる。そして私は、試したことはありませんが、多分ここでしか生きてはいけないでしょう。だったら、何も言わないほうがいいんじゃないかと思ったんです」

——やっぱり、ね。

フェードアウトを決め込もうとしたのに、奏多が余計なことを言ったから、それもできなくて引導を渡しに来たのだ。

——大丈夫。分かってるから。ありがとうって、うまく笑うから。

そう思うのに、

「私は、人間じゃありません。奏多さんは、今、そのことをどう受け止めていますか？　この前、私のことを好きだとおっしゃってくださった時は、私が人間ではないと知らなかったでしょう？　知った今は、どうですか？」

メルはそんなことを聞いてくるのだ。

――ずるいなぁ……。

諦める覚悟をしてるのに、そんなふうに聞かれたら、答えずにはいられない。

溺れそうになっている目の前に手が差し出されれば、摑まずにはいられないのだから。

「メルさんがメルさんなら……正体がなんだっていいんです。こうしてそばにいてくれるなら、人間じゃなくたって、そんなこと……」

奏多はそこまで言って、一度言葉を切り、軽く深呼吸をしてから、メルをまっすぐに見て言った。

「僕は……、メルさんのことが好きです」

メルの返事がどんなものになっても、もう構わない。

自分の気持ちを、ただ伝えたかった。

奏多の告白に、メルは嬉しげに微笑んで言った。

「私も、奏多さんのことが好きです」

告げられた言葉が、奏多の胸を貫く。

想いが重なることなどないと思っていた。

勝手に好きでいられたらそれでいいとも思っていた。

けれど、メルも同じ気持ちでいてくれたと分かったら、嬉しくて——嬉しいのに、涙が出た。

メルをちゃんと見ていたいのに、溢れる涙が邪魔をする。

「奏多さん」

優しく名前を呼んだメルの手が奏多の頰に伸び、涙を拭う。

「嬉し、くて……」

嬉しくて、だから笑おうとしたのに、涙は全然止まらなくて、その上しゃくりあげそうになる。

そんな奏多に、メルはそっとちゃぶ台の縁を膝で歩んですぐそばまで来ると、奏多の体を横から抱きしめた。

「大丈夫です、これからはずっとそばにいます」

背中に回した手で肩を抱き、もう片方の手はあやすように頭を抱く。

「……はい…」

震える声で返事をすると、ご褒美を与えるようにメルは奏多の額や、こめかみに口づけを降らせた。

それは性的なものを感じさせない、ただひたすら優しいものだったのだが、奏多の涙が止まったあたりからまるで戯れるように、手が蠢《うごめ》き始めた。

肩を抱く手がそっと腕を伝いおりて腰を抱き、頭を撫でていた手はそっと耳に触れて柔らかく輪郭をなぞったり、耳裏を指先で撫でたりし始めた。

「……くすぐったい、です…」

背中を走った寒気にも似た感触に身を竦め、奏多はメルを見上げる。

目が合った瞬間、奏多は、あ、と思った。

自分を見つめているメルの目は優しくて——けれど、いつもと違っていた。

「奏多さん……」

密やかに甘く、囁くように名前を呼ばれて、それだけで体が震えた。

その奏多の様子にメルはふっと微笑んで、顔を近づけてくる。

反射的に目を閉じれば、唇が重ねられた。

与えられた口づけは、あのカフェの夜のような触れるだけのものではなく、すぐに唇を割ってメルの舌が奏多の口腔《こうこう》に入り込んできた。

「ん……、…んっ」

口の中を好き勝手に舐《な》め回し、奏多の舌を味わうように吸い上げる。いつもの優しげなメルからは想像できないような、深く、奪いつくすような口づけだった。

くちゅ、と濡れた音が頭の中に響いて、その響きの淫《みだ》らさに恥ずかしさが増す。

そのうち頭の中に靄《もや》がかかったようになって、体から力が抜け始める。

背骨がくたくたになってしまうような錯覚を起こす奏多の体を、メルは腕に力を込めて支えながら、飽くことなく口づけを繰り返し、散々貪《むさぼ》ってからゆっくりと唇を離した。

「……ぁ…ぁ…」

無意識のうちに甘い声が奏多の唇から漏れる。

そんな奏多の顔をメルは満足そうに見つめながら、

「可愛い蕩《とろ》けた顔をして……」

睦言《むつごと》のように囁《ささや》いてくる。

キスだけでいいようにされた恥ずかしさに、適当な言葉が見つからなくて、奏多は俯いた。

そんな様子も可愛くて仕方がないというように、メルはふっと笑って、

「……性急だと思いますが…、奏多さん、今夜私とともに過ごしていただけませんか？」

そんなことを聞いてきた。

奏多は言われたことの意味が分からなくて、問い返すようにメルを見つめたが、すぐに意図するところが分かって、真っ赤になった。

「えっと…その……あの…」

「お嫌ですか？」

問い返すメルの声にはどこか残念そうな響きがあるような気がして、奏多はものすごく返事がしづらかったが、答えた。

「嫌、なわけじゃなくて…、その、したこと、なくて……いや、なくはないんですけど、その立場的に多分、したことない感じになるっていうか……」

ごく普通の二十五歳男子として、性的な経験がないというわけではない。普通に恋愛をしていたこともあるし、乏しいとはいえ、その手の経験はある。

しかし、自分とメルという関係性で言えば、多分、これまでの経験ではしたことがなかった側に立つことになるんだろうなというのは理解していたので、意味のわからない返事になってしまった

のだ。

だが、メルは大体のことを理解してくれたようだった。

「むしろ経験があると言われたほうが、ショックだったと思いますよ。……試す、というのもおかしな言葉ですが、奏多さんが抵抗のないところまで、してみませんか？」

「抵抗のない、ところ」

「嫌になれば、その先はまた落ち着いてから、ということにして」

メルはそう言った後「少しでも早く、奏多さんを私のものにしたいんです」と囁いてきた。

——本当に、ずるい。

そんなふうに言われたら、頷くしかなかった。


灯りの消された部屋で、眠るために敷いてあった布団に横たわった奏多はこの上なくドキドキしていた。

なぜなら、全裸だからだ。

「……そんな顔をしないでください」

メルが困ったような笑みを浮かべているのが暗がりでも分かる。

メルの表情が分かるということは、メルにも自分のすべてが見えているということで、余計にいたたまれなくなる。

メルは自身が身につけていた服をすべて脱ぎ捨てると、ゆっくりと奏多の上に覆いかぶさるようにしてきた。

「……っ…」

触れるすべての場所が肌で、その感触の生々しさに奏多の体は勝手に震えた。

これからどうされるのか、経験はなくとも知識だけはある。

——どう…しよ……。

どこを見ていいのかすら分からなくて目が泳ぐ。さまよう視線に気づいたのか、

「奏多さん、目を閉じていていいですよ」

笑みを含んだ声でメルが言った。

それはそれでメルの動向が分からなくて不安なのだが、恥ずかしさと天秤《てんびん》にかけた結果、奏多は目を閉じた。

その奏多に「いい子ですね」と囁いて、メルはそっと奏多の額に口づける。

口づけは頬や鼻の上にももたらされた。唇には軽く触れただけでそのまま首筋へと伝い落ちる。

「……んっ…」

ぞわっと背筋を甘い予感が駆け抜けた直後、メルの手が奏多自身を捕らえた。

「あ……っ」

これからすることを考えれば、当然、想像の範疇《はんちゅう》内にあるはずの行為だったが、相手がメルだと思うと恥ずかしくていたたまれない気持ちになった。

「嫌ですか？」

問われる声に目を開けると、穏やかに微笑んだメルがいた。

「……恥ずかし…くて……」

「大丈夫ですから」

言葉とともに、手が蠢いて奏多自身をゆっくりと愛撫《あいぶ》し始める。

「ぁっ…あ、あ」

メルの手の中で自身が熱を孕《はら》んでいくのが分かる。人の手でされたことはこれまでの経験ではなくて、奏多のそれはあっという間に張りつめて先端からしずくを零し始めた。

「あっ、ああ、あ……っ」

漏れ出るそれを塗りつけるように、メルの指先が先端で滑る。感じやすいそこを嬲《なぶ》られて、奏多の腰が跳ねた。

「やぁっ、あ、だめ、そこばっかり……」

「気持ちがいいのが、だめなんですか？」

からかうような声に奏多は眉根を寄せた。

「……っ…ん、なの、すぐ、出ちゃう…から……やっ、あ、だめ、あ、あっ」

敏感な場所ではある。けれど、いつになく早く絶頂を迎えそうになって、奏多は軽いパニックに陥った。

「出していいんですよ。奏多さんがイくところを、見せてください」

言葉とともに、先端を嬲る指はそのまま、幹をもう片方の手で扱《しご》かれて、奏多の腰が悶《もだ》えた。

「やぁっ、あっ、だめ、あ、ああっ！　あ……！」

ひときわ強く先端を擦《こす》りあげられて、奏多は自身を弾けさせる。

「ああっ、あ、あ」

達している最中もメルの手が動きを止めない、ということもあるのだろうが、絶頂は長く続いて、奏多は頭が真っ白になる。

ひくん、ひくっ、と体が不規則に痙攣《けいれん》した。

「ぁ…あ、あ……」

「これで、全部、ですね」

すべてを絞り切り、ようやくメルの手が止まる。

「気持ちよかったですか？」

奏多は絶頂の余韻に体を震わせながら問われた言葉に眉根を寄せた。

「……んで、そういうこと…」

聞かないでほしい、と言外に伝えるが、

「興味本位、というわけではないんですよ……。確認をしないと、怖いんです。人の体がどう反応するのか、知識はあっても、触れるのは奏多さんが初めてなので」

メルはそう返して来て、奏多は眉根を寄せたままで答えた。

「よ……かった、です」

消え入りそうな声での返事にもかかわらず、メルは嬉しげに微笑んだ。

「そうですか……、なら、もっと気持ちよくなれるようにしないと」

言葉とともに、弛緩《しかん》していた奏多の後ろに指が押し当てられる。

「え…あ、あっ、あ！」

抵抗などする間もなく、奏多の放ったもので濡れた指が一本中に入り込んできた。

「痛いですか？」

「……い…じょうぶ…です、けど……」

恥ずかしくて涙が目尻から零れた。その涙を拒絶だと理解したのか、

「やめましょうか？」

メルが心配そうに聞いてくる。それに奏多は頭を緩く横に振った。

「…恥ずかしい、だけ、だから…」

「分かりました。でも嫌になったら言ってください」

言いながら、メルは中に埋めた指をゆっくりと動かし始める。

正直、あんなところにメルの綺麗な指が、と思うといたたまれなさはマックスなのだが、これからすることを考えれば必要なことだということも分かる。

指一本が充分楽に動かせるようになると、指が増やされた。

さっきまでは単純に緩い抽挿《ちゅうそう》をしていただけだったが、二本に増えた指は体の中を探るように蠢き始めた。

中の襞《ひだ》を指先で軽く引っかけるようにしながら、じわじわと触れる場所を増やしていく。

最初は違和感しか感じなかったのに、中のある場所に指先が触れた時、奏多の唇から勝手に声が漏れた。

「…ぁ……」

その声をメルが聞き逃すはずがなかった。

「ここ、ですか？」

問いかけながらその場所をメルは二本の指先で擦りあげる。その途端、体の深い場所からねっとりとした悦楽が湧き起こった。

「や…っあ、あ、だめ…そこ…なんか、あっ」

「大丈夫、気持ちよくなって普通の場所です」

言う間もメルの指は止まらず、いい場所を中心に大きく動き始めた。

「ゃ…うっ、あ…っあ、だめ、やぁっぁ、あ！」

湧き起こる悦楽の波が全身を浸していく。一度達した後、触れられていない自身が後ろからの刺激だけで再び頭をもたげ始め、先端から残滓《ざんし》とも新たな蜜《みつ》とも分からないしずくをたらし始めた。

「だ…め、あっぁ……やぁっ、あ」

いつの間にか指が三本に増やされて、その指によってもたらされる快感に肉襞《にくひだ》がうねるのがわかる。

ビクビクと震える体も、喘《あえ》ぐ声も止められなくて、頭の中は真っ白になったままだ。

「やあっ、だめ、ああっ、あ……！」

喘ぐ奏多をメルはどこか楽しげに見つめながら、ゆっくりと後ろを嬲る指を引き抜いた。

中を犯すものがなくなって、新たに湧き起こる悦楽は止まったが、その余韻に体は震えているし、何より指を引き抜かれたそこが、物欲しげにヒクついているのが分かって、いたたまれなくなった。

だが、そんな奏多の心中を見透かしたように、

「大丈夫ですよ、奏多さん。すぐにもっと気持ちよくしてさしあげますから」

メルは言った。

そのメルはいつもの奏多を見つめている時とは違う、獲物を前にした雄の目をしていた。

「ぁ……」

その艶やかな眼差しに射抜かれて、奏多の体が震える。

「ゆっくりしますから…力を抜いていてください」

メルは奏多の痴態で猛《たけ》っていた自身を後ろに押し当てた。刺激を欲していたそこは押し当てられたそれを呑み込みたそうに蠢いて、その事実に奏多が羞恥《しゅうち》を覚えるより先に、メル自身が中に入り込んできた。

「あ…っあ！　あ、だめ、大きい……、…んな、大きいの、無理…」

「大丈夫……息を止めないで……」

メルもキツいのか、眉根を寄せて、それでも確実に中へと入り込んでくる。

中がメルの形に開かれていく。

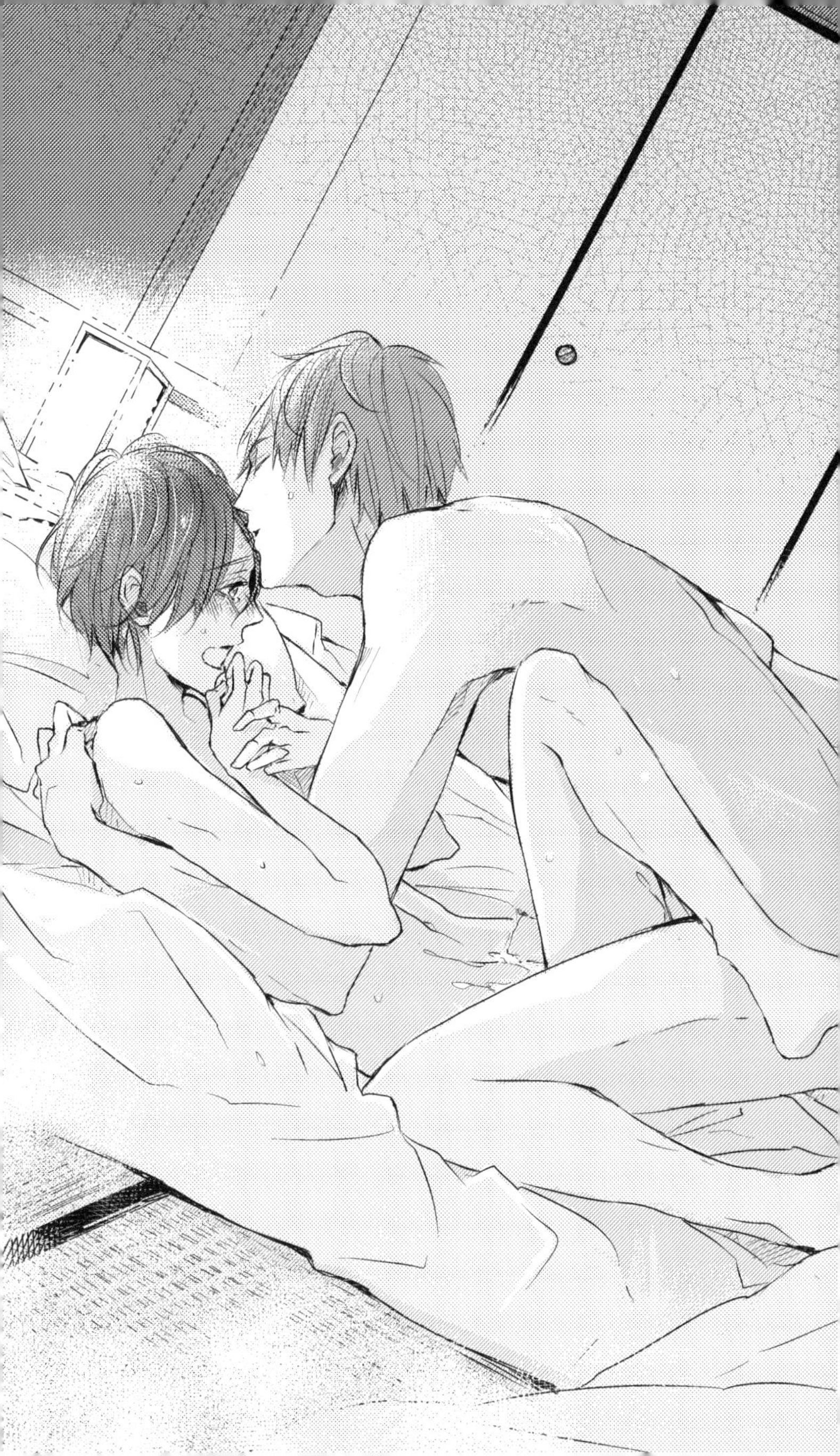

そう思うととてつもない快感が湧き起こった。

「やぁっ、あ、だめ、やだ、や……っ出ちゃう、あっ、あ！」

予期せず昇りつめて、奏多自身が少量、蜜を噴きあげた。それは中途半端な絶頂で――けれど達したことには変わりなく、体は敏感さを増した。

「まだ、ちゃんと挿《い》れてもないのに……なんて可愛らしい……」

メルは感嘆したように言うと、中に埋めた先端で奏多の弱い場所を突きあげ始めた。

「だめっ、あっ、そこ…だめ……っ…メル…さ……っ、あ、あ」

「だめじゃありませんから、もっと気持ちよくなっていいんですよ」

言葉とともにそこを繰り返し嬲られて、達したままになった奏多自身がビクビクと震えながら蜜を零し続ける。

「や…っ…あ、あ、出てる…っ…い…ぁっ。あ、イってる、から、あっあ」

「気持ちがいいですか？」

「いい…気持ちいい……あっ、あ！　だめ、やっ、ああっ！」

気持ちがよすぎて何を口走っているかすら理解できない。そんな奏多の中を、メルは一番奥まで自身で貫いた。

指ですら届かなかったそこは、強引に開かれたのにもかかわらずまるで吸いつくように蠢いて悦楽を拾おうとする。

「ああっ、あ、あっ」

目を開いているのに、目に映っている像を認識できない。頭の中に星が飛んで——ただひたすら湧き起こる愉悦に体が跳ねた。

「ゃ……あ、体っ…飛んじゃ……」

バラバラになって、好き勝手な方向に飛んで行きそうな錯覚に、奏多は力の入らない手で必死にメルに縋る。

「一緒に、飛びましょうか」

囁くメルの声とともに、腰をしっかりと摑まれる。そして強い動きで中を抉《えぐ》られた。

「あっ、あっ……、きもちい…、あっ、あっあ」

メルの容赦ない動きにもかかわらず、メル自身を咥《くわ》えた肉襞ははしたないくらいの蠢きで愉悦を貪って、奏多をより乱れさせる。

「あっ、ぁっ…、——っあ、…ぁ……。——っ！」

意識が遠のきそうになる奏多に、

「ダメですよ、もう少し、待って……」

メルは動きを止めないまま、奏多の頰を軽く叩いた。

「んっ…だめ、も……あっ、あっ、だめ、うしろ…あっあっ」

とぎれとぎれになる意識の中、後ろが中を穿《うが》つメルをきつく締めつけた。それと同時に変な痙攣《けいれん》が湧き起こる。

「やぁっ、あ、だめ、ああっ、あ！」

「一緒に、イきましょうか」

不規則に痙攣する奏多の中を、メルは一度ぎりぎりまで引き抜いて、そこから一気に最奥まで穿つのと同時に熱い飛沫《ひまつ》を放った。

「ああっ、あ、あ……！」

広がる熱の感触に奏多も、もう何度目だかわからない絶頂に飛ばされる。

がたがたと震える体の中で、メルが小さな抽挿を繰り返してすべてを注ぎ込むのに、奏多は延々と続く絶頂から戻れなくなって――そのまま意識を飛ばした。


「……メルさん、手つきがヤラシイです」

新しいシーツに交換された布団の上、丁寧に拭われた体にパジャマを着せられた奏多は抱きしめてくれるメルの腕の中、多少腰に回った手が怪しい動きを見せるのを指摘する。

「そうですか？　標準圏内だと思うんですけれど」

いつもの優しい王子様顔で答える間も腰を撫でる手の動きは止まらなくて、奏多は眉根を寄せる。

意識を飛ばしていたのはつかのまで、目が覚めた時には丁度メルが奏多の体から中に出した精液を掻《か》きだしているところだった。

それも、部屋の灯りをつけて。

恥ずかしくて仕方がなくて逃げようとしても指一本動かせなくて、それなのに起きたことに気づいたメルはやたら丁寧にねちっこく後処理をしてくれて、終わる頃には息も絶え絶えだった。

『本当はお風呂に入れてさしあげたいんですが、階段が危ないので』

いたわるようなことを言いながら、お湯で濡らしたタオルで体を拭ってくれる時も、正直、あわよくばもう一度、というような気配を感じなくもなかった。

――普段は王子様なのに。

というか、今も王子様なのだが、最中とのギャップがありすぎると思う。

「……メルさん、初めて、だったんですよね？　余裕がすごくあったっていうか、経験値がありまくりっていうか……」

人の姿になったのは、奏多がここに来る二週間前のことで、その二週間の間はともかく、奏多が来てから今までの間に性的なことはなかったはずだ。

――だって、自分の感情がどういうものかも分からない、みたいな感じのこと言ってたし。

そんな奏多の疑問にメルはただ笑った。

「……何、その意味深な笑い」

「それは、また、今度ゆっくり。もう、そろそろ寝てください。不埒《ふらち》な真似はしませんから」

メルはそう言って、奏多の目蓋の上に手を置くと、子守唄を歌いだした。

それは耳馴染みのある子守歌で。

奏多はそれを耳にしながら、ゆっくりと眠りに落ちた。

『送ってくれたキャラのうち、女王様っぽいのと、天使みたいなのとはできれば次のアップデートから順次入れたい。で、残りのキャラは他のゲームのほうでも引きがあったから、調整して分けることになると思う。むしろ女王様と天使を死守できた俺を褒めたい』

◇◆◇

数日後、康平から電話が来て、送ったイラストの採用結果が知らされた。

とりあえず採用されるものがある様子で、奏多はほっとした。ちなみに女王様っぽいのは紫モデルに女性キャラを描いたもので、天使みたいなのというのは小梅をモデルに女性キャラにしたものだ。一応本人たちに了解を得ているので、問題はないだろう。

『あとさー、王子様仕立てのやつ。あれもすごい社内で評判いいんだよな。だから「乙女ゲー作っちゃう?」みたいな感じで話上がってる。まだホント何にも詳しいことは決まってないけど、年明けたらちゃんと企画として上げてくつもりだから、そうなったら詳細詰めたりとか頼むことになるんで、そのつもりしといて』

思いつきで描いたそっちも採用の方向になりそうで驚いたが、

「分かりました。気持ちの準備をしておきます」

そう返事をする。その奏多に、

『で、あんだけのデザインを上げてくるってことは、かなり回復したんだと踏んでるんだけど、そろそろこっち戻ってくる？』

康平は今後の予定について聞いてきた。

今回、ここに来られたのは特別措置だということは知っている。

知っているが、奏多はここを離れたくなかった。

「……そのことで相談があるんですが…、前におっしゃってた在宅社員に切り替えをお願いできませんか？」

ダメだと言われたら、フリーランスでやっていくしかない。

自信はないが、ここを離れるということは、メルとは遠距離恋愛になるということだ。

物理的な距離で気持ちが変わることはないと思うが、離れたくないというのが本音だ。

それならば、自分がここに残る方法を選ぶしかなかった。

『あー…、やっぱそっちのほうが居心地よくなったか』

電話の向こうで、康平が苦笑している気配があった。

康平からは、在宅社員になると基本給は変わらないのだが手当に変更が出るので最終的な手取りは減ると伝えられた。

それ以外にも、二、三ヶ月に一度は出社することになることと、重要な会議の時には出席してもらうことになるかもしれないとも言われた。

どちらにせよ、いろいろな手続きが必要になるので、奏多が落ち着き次第、一度戻ってくるようにという話だった。

「……まさか、切り出してすぐにこんな具体的な話があると思ってませんでした」

在宅社員に切り替えたいと、とりあえず申し出だけはしておくつもりだったのに、具体的な返事があったのは驚きだったのだが、

『いや、奏多の回復が遅れたら、そうするのがいいだろうなって相談して決めてたからシミュレーションはできてたんだよ』

どうやら康平はいろいろなことを見越してくれていたらしい。

『おまえが帰ってくる時には書類も揃えとく。まあ、引っ越し作業なんかもあるだろうからどっちにしても戻ってこなきゃなんねぇだろうけど』

「すみません、我儘ばかりで」

謝る奏多に返ってきたのは、

『いや、いいデザイン上げてくれたらどこにいても構わねぇから』

康平らしい言葉だった。

じゃあな、という言葉で電話は切られ、奏多は通話を終了して、携帯電話を机の上に置く。

「話は上手く行きましたか?」

電話を終えたのを見計らって、メルはお茶とお菓子を奏多に出した。

今日はカフェは休みだ。

その休みのカフェに二人で来たのは、メルがカフェで出すように考えているものの試作をしたい

と言っていたからで、出されたお菓子はその試作品だ。

メルはいろいろと吹っ切れたようで、これまではカフェのことには受動的というかサポート的な立ち位置でいたのだが、クリスマス向けの何かを作ろうという話になった時に、積極的に意見を出していたらしい。

その結果、一度試作品をという流れになったのだ。

「可愛いお菓子ですね」

トナカイの形のクッキーが生クリームの上に立てられ、その後ろにはプチタルトで作られたソリ。その上には当然サンタクロースが載せられている。

「もう少し捻《ひね》りが欲しいんですけれど…とりあえずひな形としてはこういう感じでと思っています」

「食べるのがもったいないですよね。でも、食べないと味が分からないし……いただきます」

奏多は手を合わせて、ソリの部分のタルトを口に運ぶ。

クリームチーズに混ぜられたオレンジピールがさわやかで、載せられているキウイなどのフルーツとも相性がよかった。

「…！　すごくおいしいです」

「そうですか？」

嬉しそうにメルは笑う。そのメルにおすそわけをしようと、齧《かじ》っていないほうをメルに向けて差し出したのだが、メルは頭を横に振った。

「夜にもっと甘いものをいただきますから、今は控えておきます」

その言葉の意味がにわかには分からなかった奏多だが、その後意味ありげに笑ったメルの表情で意味を悟り、奏多は見事なほどに真っ赤になった。

そんな奏多を見て、メルは幸せそうに微笑んで——ああ、もうずるいなぁ、と奏多は胸の内で幸せなため息をついた。

おわり

Merry

あとがき

こんにちは。秋の気配に、冬服を出し夏服をしまう…という作業に思いを馳せ、ちょっとため息を隠せない松幸《まつゆき》かほです。

相変わらず汚部屋です（さらっとね）。

さて！　今回は何と小梅《こうめ》の第二弾というか、スピンオフを書かせていただきました！

今回の主役は和鷹《かずたか》の後輩の奏多《かなた》です。もともと大人しい性格だった子が社会の理不尽な荒波にもまれて疲弊しきって、休養のために預けられたのが和鷹の家。預けた側は「ゆっるゆるの性格をしてる和鷹に預けときゃ、影響を受けてちょっと気が張り詰めてんのも緩むだろ」くらいの気持ちだったと思いますが、まさかそこで恋に落ちるとは……でしょうね。

恋の相手は蔵の新たな住人、低価格帯テーブルワイン……。メルという名前はテーブルワインでお馴染みのメルシ●ンさんから仮名として『メル』と名付けてたのですが、脳内で馴染み過ぎたので本採用されました。

メルは王子様、と脳内で言い聞かせて作りました。そうじゃないと私の場合、攻め様がどんどんおかしくなる、又は、気配が薄くなる（香坂《こうさか》病と呼ばれています／苦笑）に罹患してしまうからです。おかしくなるのは免れたものの、後者は……ですが、ていうか他の住人が濃すぎるんだって！

今回もバンバン出てくる他の住人たち。

小梅たんは相変わらず可愛いです……。前作に引き続き、古澤《ふるさわ》エノ先生がイラストを担当して下さったのですが、ラフで描いて下さった冬服の小梅たんが可愛《かわゆ》うて、可愛うて……！　そら溺愛されるわ！　とひとしきり悶絶した次第……。


奏多の頼りなげな感じとか、メルの王子様な感じとか……もう本当に素敵で……そんな素敵絵を描かれる古澤先生にお願いした「画伯絵」……。プロの方に「画伯絵を描いてください」ってどんな無茶ブリ…と思ったのですが、プロの方は凄かったです……爆笑しました。

古澤先生、本当にありがとうございました！


今回、あとがきがもう一枚あるので、もう少しどうでもいいことを語りたいと思いますが、まず、長らく問題になっている「松幸汚部屋問題」についてです。

片付けに着手しました！　が夏の殺人的な暑さに挫折し、とん挫したま

あとがき

ま秋……。もはやベッドの上にも荷物が山積みで眠ることができず、母の部屋で一緒に寝てます……(もともと夏はクーラーの効く部屋で一緒に寝てますが、秋になってもまだだっていうね)。取り急ぎベッドの上だけは片付けて自室で眠れるようにしたいと思います。

あと、どうでもいいことではないですが、担当さんがN様からI様に代わりました。正確には前作(メゾンAV～)の終盤から担当いただいているのですが、早速迷惑掛けまくってるっていうね……。本当にすみません。マジですみません。スライディング土下座の勢いですみませんです。と謝るだけ謝りつつ、まだ現在進行形で迷惑かけてまーす(吐血)。

そんな感じで相変わらず全方向に向けてお世話をおかけし倒している松幸でございますが、これからも全力で、「ちょっと笑えて、幸せな気持ち」になれるものを作っていきたいと思っておりますので、どうぞよろしくお願いいたします。

二〇一七　夏服の重ね着で何とか寒さをしのぐ九月末　松幸かほ

CROSS NOVELS をお買い上げいただき
ありがとうございます。
この本を読んだご意見・ご感想をお寄せください。
〒110-8625
東京都台東区東上野 2-8-7　笠倉出版社
CROSS NOVELS 編集部
「松幸かほ先生」係／「古澤エノ先生」係

CROSS NOVELS

恋と絵描きと王子様

著者

松幸かほ

2017 年 11 月 23 日　初版発行　検印廃止

発行者　笠倉伸夫
発行所　株式会社　笠倉出版社
〒110-8625　東京都台東区東上野 2-8-7　笠倉ビル
［営業］　TEL　0120-984-164
FAX　03-4355-1109
［編集］　TEL　03-4355-1103
FAX　03-5846-3493
http://www.kasakura.co.jp/
振替口座　00130-9-75686
印刷　株式会社　光邦
装丁　Plumage Design Office

ISBN 978-4-7730-8862-5
Printed in Japan